终点站杀人事件

时代文艺出版社
SHIDAI WENYI CHUBANSHE

[日] 西村京太郎——著
杨军——译

图书在版编目（CIP）数据

终点站杀人事件 /（日）西村京太郎著；杨军译
. -- 长春：时代文艺出版社，2023.1（2023.12重印）
书名原文: 終着駅殺人事件
ISBN 978-7-5387-7036-0

Ⅰ. ①终… Ⅱ. ①西… ②杨… Ⅲ. ①推理小说－日
本－现代 Ⅳ. ①I313.45

中国版本图书馆CIP数据核字(2022)第134944号

TĀMINARU SATSUJIN JIKEN
© Kyōtarō Nishimura 1980
All rights reserved.
Original Japanese edition published by Kobunsha Co., Ltd.
Publishing rights for Simplified Chinese character arranged with Kobunsha Co., Ltd.
through KODANSHA LTD., Tokyo and KODANSHA BEIJING CULTURE LTD. Beijing, China.
吉林省版权局著作权合同登记 图字：07-2022-0013号

终点站杀人事件
ZHONGDIANZHAN SHAREN SHIJIAN

[日] 西村京太郎 著 杨军 译

出 品 人：陈 琛
责任编辑：刘 兮 孟宇婷
装帧设计：青空工作室
排版制作：陈 阳

出版发行：时代文艺出版社
地 址：长春市福祉大路5788号 龙腾国际大厦A座15层 （130118）
电 话：0431-81629751（总编办） 0431-81629758（发行部）
官方微博：weibo.com/tlapress
开 本：880mm×1230mm 1/32
字 数：206千字
印 张：10.375
印 刷：三河市万龙印装有限公司
版 次：2023年1月第1版
印 次：2023年12月第2次印刷
定 价：46.00元

图书如有印装错误 请寄回印厂调换

目　录

第一章

终点站——上野

終着駅「上野」

1

"明天我想请一天假。"龟井顾虑重重地说道。

对这个男人来说，这句话太罕见了。虽然刑警每年都有一次休假的机会，但是由于破案工作繁重，很少有人能够享受得到。特别是一贯诚恳、任劳任怨的龟井，几乎从未自己提出过休假申请。

他的上司十津川警部①惊奇地看着龟井，想起龟井的大儿子已经是小学六年级的学生了，便问道："明天是学校的开放参观日吗？"

龟井笑了笑，"警部，孩子们还在放春假呢。"

今天是 4 月 1 日。没有孩子的十津川在这种问题上总是感觉迟钝，其实他只要回想一下自己的童年时代就会马上搞清楚。也许是他上了年纪的原因吧，他没能马上想到孩子们是在放春假。

"事情是这样的，今天傍晚的时候，我的一位高中时代的朋

---

① 警部，日本警察的职级之一，在警视之下、警部补之上。

友要从老家来东京，我准备明天陪他转一转。"

"你的老家在东北^①吧？"

"对，我生在仙台。家父因工作关系迁到青森，我在青森上的高中。"

"就是那时的朋友？"

"对。是个男的，叫森下，大学毕业以后留在母校当教师。这家伙在高中时最讨厌学习，一心只想打棒球，现在居然当了教师，真够有意思的。"

龟井说着自己也笑了。其实这笑中包含着自嘲：他在高中时也根本没有想到自己今后会当上刑警。他的父亲是国铁^②的职工，他原打算将来也进入国铁，然而却当上了刑警，而且一下子就干了二十年。

森下来信说他将乘坐"初雁6号"列车到达东京。这趟车到达上野^③车站的时间是傍晚6点09分。请完假的龟井在有乐街坐上山手线电车直奔上野。

十年前因母亲去世，龟井曾回过一次青森，从那以后就再没有回去过。父亲比母亲还早去世两年，如今青森只有妹妹一

---

① 此处的东北指日本东北地方，是日本地域中的一个大区域概念，位于狭长的本州岛北部，包括青森、岩手、宫城、秋田、山形、福岛六县。下文提到的仙台隶属宫城县。

② 国铁，日本国有铁道的简称。

③ 上野，位于日本东京都台东区。

家人。每年一到年底，龟井总想回青森看看，见一见高中时代的朋友。然而每年的年末总有恶性案件发生，等到案件基本得以解决，年也就过去了。所以，龟井和森下已是十年没见过面了。

其实他们在高中时并非挚友。这十年间，森下既没来过信，也没来过电话。这次森下突然来信，信上说："我将乘4月1日的'初雁6号'进京，因有事相求，能否在第二天陪我一天？"到底是什么事，信中只字未提。

电车到达东京站时，龟井看到前面有个空座位便坐了下来，心里反复琢磨森下要来商谈什么事。就像刚才自己对十津川讲的那样，高中时的森下抛下学习不顾而疯狂地迷上打棒球。他是个三垒手，同时也是个不错的重击手。不过所在学校的校队不争气，未能打入甲子园[①]。尽管如此，森下仍想去职业棒球队碰运气。高中毕业后他曾秘密地参加巨人队[②]的考试，结果还是落榜了。失学一年后他考上了大学。但不知为什么，大学毕业后他又回母校当了教师，教的是英语。也许是本性难移吧，他还当起了母校棒球队的教练，严格地训练起后一代。可是校队仍不见起色，连在县里举行的大赛中也未打入前八名。森下早已结婚，和龟井一样有着一男一女两个孩子。当然，他不会是

①　甲子园，指日本著名的阪神甲子园球场，是全国高中棒球联赛的指定球场。
②　巨人队，日本职业棒球队。

为家庭问题特意前来东京找龟井商量的，因为龟井最不擅长处理这类问题。

难道是森下犯下了什么刑事案？可是，如果是在青森犯了案的话，东京警视厅的龟井无权干涉；再说，如果是犯了案，首先是要被拘留的。

"真不明白！"龟井自言自语地说了一句。

2

当龟井回过神儿的时候，电车已经到达秋叶原了。

龟井喜欢乘坐山手线电车。他是从青森的高中毕业后，直接进东京上的警察学校。在警校时，每逢休假他总是要坐山手线电车出门，有时一坐就是两三圈。因为电车每到一站，上来的乘客都不一样，很有意思。例如，新宿和涩谷可以称作是年轻人的街区，在这里上车的乘客，年轻人要占压倒性多数；而在有乐街上车的，大多是拿工薪的职员；到了神田，学生们又会挤满车厢。当然，这些也要根据时间而定。

然而，上野站明显不同于上述车站。

如果傍晚在涩谷或新宿乘车的话，这种情况就很清楚：正值高峰期，电车内当然是满员，年轻的男女职员挤满了车厢。电车驶到高田马场、池袋后，总是下去一大批人，随即又上来一大批人。不过，随着电车接近上野，情况开始改变。当电车在西日暮里、日暮里、莺谷等各站停车时，虽然也有些上车的乘客，但上车的人数越来越少，车厢内逐渐变得空荡起来。

驶往东京站方向的山手线电车情况也是如此。随着车到秋叶原、御徒町，车厢逐渐变空。山手线本是没有终点站的循环线，可是每趟车都是在接近上野站时乘客就越来越少，几乎没有上车的乘客，就好像上野站是终点站。

还有一点很有趣，随着电车接近上野站，乘客的特点也在变化。在新宿一带和东京站周转坐车的乘客多半是职员和学生，尤其在早晚高峰时间这一特点更为明显。但电车一接近上野站，乘客的特点就突然发生了变化，即使在高峰时段也很少见到男女职员，乘客中还有些穿着竹皮木屐、瞪大眼睛看着报纸上赛马或赛车预告的男人，这在东京站附近是绝对看不见的。此外就是那些拎着大包小包上车的旅行者，很明显他们是准备由上野站去东北或信州①的，这些人和由东京站向西去的旅行者从外表上看就不一样。

由东京站出发的旅行者一般是要乘坐新干线的。他们之中大多是忙忙碌碌的职员或商人，即使是旅行者，看上去也很潇洒。然而由上野站出发的旅行者，与前者相比看上去就有些土

---

① 信州，日本战国时代的兵家必争之地，位于本州岛中部，今长野县，历史遗迹较多。

气，就连穿着一身时髦西服的年轻女性，不知为什么那西服也显得不那么合体。中年男人们在这一点上更为明显，让人一看就知道他们是来东京打工的。这些人就像衣锦还乡似的，穿着崭新的西服，皮鞋擦得锃亮，亮到令人发笑的程度，与他们本人显得十分不匹配。

今天，龟井就是同这样的乘客一起在上野站上下车。也许是心情使然，龟井觉得这里与东京站或新宿站相比，好像连气味也不相同。

上野火车站如同一座乡间车站，带有古香古色的味道，是当年为了迎接东北新干线的开通而建设的。与同样是终点站的东京站相比，这里由于天花板的低矮而显得十分阴暗。

只要走进检票口，就进入上野站特有的铁伞下的广场。这类似有着大圆屋顶的地方，是龟井最喜欢的地方。乘客就是在这个大屋顶下消磨时光，等待着开往北海道、东北或是信州方向的列车。他们排着队，有的是和朋友或同事聚在一起，有的是独自一人。

在另一个终点站——东京站里，可不存在带有这样气氛的场所。尽管东京站有八重洲方向入口、丸内方向入口等许多入口，也有消磨时间的人，但这些人的表情与在上野站的圆屋顶下等车的人的表情迥然不同。他们总是沉不住气，慌慌张张地通过检票口跑上站台。这些特点并不限于那些乘坐新干线的人，就是那些乘坐夜行列车的乘客中也有人如同赶乘通勤电车一样，急急忙忙地通过检票口跑上台阶，追赶已经拉响发车铃的列车。

可能是由于在上野站和东京站乘车的人情况有所不同，两个车站在结构上也不尽相同。在东京站，不管你是乘坐近郊列车，还是乘坐长途列车，都是通过同一检票口上车，而且在检票口前根本见不到自己所乘坐的列车。也就是说，它不像是个终点站。上野站则不一样，中央检票口在巨大的圆屋顶广场的正面，站台上一辆辆长途列车整装待发，只要你站在检票口旁，就可以看到自己要乘坐的列车。

龟井认为，和电影《终站》①中的罗马站最相似的，恐怕就要算上野站了。

3

离森下乘坐的"初雁 6 号"列车到达还有近三十分钟的时间。龟井看着挂在圆屋顶中央的巨大时钟，随手掏出烟叼在嘴上。

二十七年前，他从青森的高中毕业来到东京。那时还是蒸汽机车，因为没有快车只好坐慢车，从青森站到上野要"咣当"

---

① 《终站》，1953 年上映的由意大利和美国合拍的风靡一时的电影，讲述了来到罗马站的美国妇人玛丽与乔班尼偶遇后发生的爱情故事。

二十多个小时。如今蒸汽机车已经消失，最近东北新干线又开通了，可上野站特有的气氛却似乎一点儿没变。

二十七年前，在圆屋顶下站内的一端有个阴暗的厕所，厕所前有一个擦皮鞋处，如今它们依然存在。

上野与浅草差不多，按理说应更像东京。可是一进入上野站就会觉得有一种东北的气息，也许是每天从北方来的列车和乘客带来了东北的气息。二十七年前，龟井也是带来东北气息的人之一。

挂在站内的广告牌上也是什么"北之誉"等北方的地方酒或米制品的广告，体现着上野站独特的气氛。

龟井在站前的咖啡馆里消磨了一段时间后，再次快步走回站内。

"初雁6号"列车晚点两分钟，傍晚6点11分才到达上野站。满脸倦容的乘客们从检票口蜂拥而出。一队老人在一名手持"和灵会"①小旗的引导员的指挥下走下列车，他们的手中拿着佛珠，看样子是要去下北的恐山②。就在这群人后面，一张熟悉的面孔出现了。

"喂！"

---

① 和灵会，在日本像和灵会这样的团体很多，多是由寺院或虔诚的佛教徒组织的。和灵会定时组织信徒拜访寺院，其信徒相信和灵会可以与逝去的亲人相见和沟通，从而得到心灵的慰藉。
② 恐山，位于日本青森县下北半岛，是著名的灵场。

龟井向森下招着手走上前去。当年森下的身体像运动员，肌肉发达，属于瘦型体格，而今人到中年，他过早地谢了顶，身体也发福了，只有眼睛和嘴边还留有昔日容貌的痕迹。

森下穿着稍稍发旧的西服，规规矩矩地拿出一瓶青森产的地方酒递给龟井。

"谢谢，这是点儿土产，实在拿不出手。"

"这么重的礼，这可不好！"

"东京什么都有，我实在不知道买什么东西合适。你是会喝酒的吧？"

"啊，是好喝点儿。"龟井笑了，他抬眼看了看车站上的大钟说道，"你预订住处了吗？如果没有预订，就到我家去吧。"

"已经预订旅馆了。不过，现在肚子倒是真饿了。怎么样，一起去吃晚饭吧？"

"好啊。"龟井马上应允。正巧他也饿了，再者，他也想在吃饭时向森下打听一下他想求自己办什么事。

二人都是安分守己的职员，也都成了家，虽说多年不见，但也无意于豪华的晚餐，于是他们决定就在上野站附近吃素烧。

龟井与森下对酌着，不断地用筷子夹着锅里的素鸡。话题从回忆往事开始，他们越谈越兴奋，可是森下迟迟不说出来这里的目的。

龟井只好转移话题。他谨慎地向森下问道："你信上说的究竟是什么事？"

森下用一只手摸着自己酒后稍稍发红的面颊，反问道："当警察忙吗？"

"幸好最近没有恶性案件，至少明天一天能陪你转转。"

"特意为我请假，真对不起！"

"没什么，你就说吧。"

"从我回母校教英语至今，已经快二十年了。"

"嗯。"

"我当班主任后，送往社会的学生也近二百人了——准确地说是一百九十六人。其中十分之七的人进了大学，也有些人在高中毕业后直接参加了工作。"

"你是采用'斯巴达式'的教育？"

龟井回想起高中时代的森下。他在高中三年级时曾担任棒球队队长，当时他就是采用大运动量的方法训练低年级学生。

森下笑着说道："刚当教师的时候如此，可到了中年我就变成温厚仁慈的森下老师了。"

"你要说的事是关于你教过的学生吗？"

"是的。"

"他们在东京惹麻烦了？"

"也许是。"

"也许？"

"我想调查一下刚才提到的那一百九十六个人现在都在干什么，这也是作为一位教师的职责。我想，如果认为学生毕了业教师便没有任何责任了，那便丧失了当教师的资格。在那些人中，有的女孩子已经结婚并有了孩子，有的男孩子曾在东京上大学，毕业后当了商社的职员去了美国。"

"这些人的下落你都知道？"

"有三个人一直音信全无，今年我终于查出其中两人的下落，现在只剩下最后一个人了。"

森下说着从西服的内口袋里掏出一张照片，摆在龟井的面前。

照片上是一位二十岁左右的年轻女子，长相与其说是美丽，不如说给人一种聪明的感觉。

"她叫松木纪子。"森下用手指在桌上写下她的名字，"今年她应当是二十二岁，是位聪明而又诚实的姑娘。她原打算考东京的大学，可高三时父亲在一次事故中死去，为此她一离开学校就到东京的某公司里上班了。"

"这张照片是就职以后照的吗？"

"毕业后的第二年正月，是她回青森时照的。"

"当时你见到她了？"

"见到了。当时她的眼睛闪着兴奋的光芒，说是来年准备去上Ｎ大夜校。可是从她再次进京后便杳无音信了，就连家里的姐姐、弟弟还有母亲她都没有联系。"

"你向她工作的公司打听过了吗？"

"我打听到她原来在新桥的超市当会计，不过在三年前的2

月末辞职了，也就是她回乡那年的 2 月，辞职的理由是母亲病了。我无论如何也要见到她。"

"你是利用放春假的机会找她？"

"我在这里只能待一周的时间。我想一旦找到她就把她带回青森。"

"那要我做什么呢？跟你一起去找她？仅用明天一天的时间不行呀。"

"我想，她的突然消失可能是因为她犯了什么案，再不就是卷入某个案件之中了。她是个倔强的姑娘，恐怕犯了案也不会说出自己的真实姓名，所以家里才不知道她的近况。"

"明白了，我调查一下吧。这张照片借给我行吗？"

"好的，我还另带了一张。"

"名字叫松木纪子，对吧？"龟井又向森下确认了一下，然后用钢笔在照片背面写下了这个名字，"那么，你再给我详细讲讲她的情况。"

"能帮我吗？"

"毕竟这位姑娘也是我的后辈啊！"龟井说道。

4

　　宫本孝一进入上野站，首先看了看自己的手表，然后又抬眼看看挂着的大钟，发现自己的手表快了大约五分钟。他拉出表把，把时间调至晚上 9 点 10 分。离开往青森的特快卧铺列车"夕鹤 7 号"的发车时间还有四十三分钟。

宫本向来如此，总是在约定的时间之前到达，今天又是提前了近一个小时。他从童年起就是这样，如今他已经二十四岁了，这种习惯仍未改变，考虑任何事都认为小心为妙。小时候，他对自己的这种性格既讨厌又没办法。和同年级的学生吵架时，即使自己在臂力或其他方面强于对方，他也还是会败在对方的气势之下，一旦独自一人干什么事准发蒙，既怕登高又怕黑暗，这个性格至今也改不过来。不过，他过了二十岁以后开始认为，如果仔细分析一下，其实，人们所谓的长处与短处是互通的。

胆小可能是短处，但同时也是长处。胆小的人必然十分谨慎，会考虑形势与未来，所以一般不会去胡作非为。他会格外努力，一心一意地攒钱。他自己一边工作一边上夜大，就是谨慎的缘故；为了给将来打下基础而努力学习，准备参加司法考试，也是因为他谨小慎微。这样看的话，胆小未必只是坏事。

有意思的是，宫本虽然事事小心，但却时常出乎意料地干些错事，或许这也是谨小慎微的结果，因为胆小往往对一些琐事过于用心，反而忽略了一些重要的事。

宫本叼上一支烟，点上火，考虑起自己是否忘记什么事来。

遵从七年前的约定，他已经给大家发了信，信中注明了要大家乘坐今晚的"夕鹤 7 号"列车。发给六个人的信，他在每一封信的字面上都下了功夫，一边写一边还想象着自己写文章的才能。

六封信是同时发出的，而且每个信封里都装有今晚"夕鹤7号"列车一等卧铺车票。现在的问题是大家能否都来参加旅行。

因为常磐线的特快卧铺列车"夕鹤7号"大部分车厢是三层铺的二等卧铺，只挂有一节双层铺的一等卧铺车厢，想在出行当天买到一等卧铺车票根本不可能，所以他来不及等待大家是否能够参加旅行的回信，便强行将车票随信一起寄了出去。

六封信发出后，有三个人寄来了明信片，说是很高兴参加旅行，另外三个人至今也没有来信说参加或不参加。宫本心想，这事不能强求。虽说乘坐今晚9点53分发出的列车不会影响当天的工作，但毕竟是四天三晚的旅行啊。今天是4月1日星期五，从青森坐夜行列车出发，4月4日星期一上午便可以返回东京，按这个时间安排，只需星期一上午请一下假就行了。不过，大家都是二十四岁的人了，又都有各自的工作，谁知道是否每个人都能轻易地请到假来旅行呢？

宫本一边琢磨六人中谁能来，一边抬眼望着面向中央检票口的一排排站台。站台有的空着，等待着列车的到来，有的已经停靠了即将出发的夜行列车，红色的尾灯在闪烁着光芒。

望着夜行列车暗淡的蓝色车体和红色的尾灯，宫本的心中涌出一股莫名的伤感，不由自主地回忆起自己七年前高中毕业后进京来的情景。

那一天也是 4 月 1 日。他是作为集体就职的其中一员，从青森进京的。当时的上野站对宫本来说就是终点站，至少他是将这里当作人生的终点站而准备努力工作。

列车进入上野站。年仅十八岁的宫本从列车上走进夜景之中的站台，像所有的年轻人一样，对未来满怀着希望。但是，他似乎又觉得未来与自己所想象的完全相反，因此心中感到阵阵不安，这种心情至今记忆犹新。

在那之前，他也曾来过东京，都是在高中二年级时以修学旅行的方式来的。他住在了东京，参观了皇宫、东京电视塔及新宿西口的超高层大楼等。当时虽说是到了东京，却没有到了终点站的感觉，有的只是一种到过东京及东京确实值得一看的喜悦心情罢了。

可是一旦作为集体就职的成员来到东京，上野站就成了终点站。在宫本看来，上野就是东京的象征，他是抱着在东京干一番事业的决心而来的，不成功就不回青森，至少是没脸再回故乡。一旦再回青森，要么是在东京获得成功而衣锦还乡，要么是在东京败北而落魄而归，只能有这两种情况。

从那以后，宫本一边在上野广小路的西餐馆里工作，一边上夜大。经过六年的努力，他终于从 N 大的法律专业毕了业。N 大的一位前辈在四谷开了一家律师事务所，他又转到这里工作，边工作边准备着参加司法考试。

这七年间，宫本尽力回避故乡青森，特别是当工作不顺利或被东京这个"魔怪"痛击之时，他就连上野站也不敢靠近。因为他深知自己的懦弱，以及上野站所特有的那种不可思议的气氛的压抑。

东京站也好，新宿站也好，同样是终点站。东京站有列车开往大阪或者九州，新宿站则有开往信州去的列车，但是，东京站里没有大阪和九州风味，新宿站里也没有信州的气息。两个终点站里有的仅是东京的气味，就像它们已被东京这个大城市所吞噬，变成了它的一个细胞似的。

宫本觉得上野站则与这两个站完全不同，上野站里奇妙地混合着东京和东北的味道——不，准确地说并不是这两种气息融合在一起，而是两种气息同栖。正因为如此，才使生在青森、长在青森的宫本对去上野站犹豫不决。他害怕上野站特有的东北气息助长自己的懦弱，使他会夹着尾巴撤回青森。

从 N 大顺利毕业之后，宫本曾一度放心地来到上野站，想见一见集体就职进京来的朋友们。

集体就职的人中，极少有长期固定在一个工厂里的。最近，大学毕业后以集体就职的形式大举奔向东京等大城市的人越来越少，恐怕宫本他们可以算是集体就职的最后一批人了。

这批人几乎都发迹于当初就职的工厂，而且相互间也断了联系。

宫本在高中时有六位特别亲密的朋友，包括他自己在内被人称为"七人帮"。他们曾一起办过一份校报，叫"单方通信"。高中毕业后，七人之中有三名男的考入了东京的大学，剩下两男两女，包括宫本在内都到东京就职工作了。分手时七人立下了一个罗曼蒂克式的约定：在上野站前的 M 银行里，用七人之中写字最好的宫本的名字开一个活期存款的户头，每人每年存入一万日元。七年之后的春季，用这笔积蓄，大家一起回故乡青森旅行，到时的旅行计划由宫本来安排。

从那以后的七年间，尽管大家相互间失去了联系，但每个人每年都将约定的这笔钱分文不少地存入"宫本"的户头里。不，准确地说，曾有一个人在这两年没有存钱，但宫本以为这个人大概因什么事而耽误了，所以便代他存下了这笔钱。

就这样迎来了第七年。宫本首先开始查找这六个人的下落。七年间，这六个人既无通信，又无电话联系，宫本甚至连他们的住址和职业都不知道。幸好，在宫本工作的律师事务所旁有一家侦探社，律师事务所为在法庭上取胜总是委托他们搜集资料，所以和他们关系密切。于是宫本便委托这家侦探社寻找不知下落的朋友。这家侦探社除社长外仅有五名雇员，但他们全是警察出身，工作相当出色。真是各有所长，在短短的一周时间里，他们就将六个人的消息全都探听到了，而且还带来了六人在这七年间的简历，从而使宫本了解到这六个人各自生活的艰辛。

在得知六个人的下落之后，宫本没有先同他们取得联系，特意冷不防地将信连同"夕鹤 7 号"列车的车票一起寄了出去。
他之所以这样做，既有促成七年前约定的心意，也多少带有那
么一点儿顽皮。

第二章　第一名死者

第 一 の 犠 牲 者

1

宫本在检票口附近眺望着不断开出的夜行列车，突然感到有人似乎在注视着自己。他往两边看了看，发现一名陌生的年轻姑娘正透过浅色的太阳镜片紧紧地盯着他。这是一名优雅的城市姑娘，特意很随意地披着一件紫色的男式风雨衣。

从她拎着白色的小型旅行提包来看，大概是要出门旅行，这给人的感觉是一位东京的女性要去乡村游玩。

她一直盯着这边，使宫本感到有些难为情，于是他便移开视线。就在这时，那名姑娘大声地招呼道：

"是宫本君吗？果然是宫本啊！"

宫本露出困惑的表情。这名姑娘摘下太阳镜扬起了脸。

"是我，村上阳子，我就是办《单方通信》时和片冈君一起搞摄影的村上阳子啊！"

她一边说着，一边从手提包里取出宫本寄出的信和"夕鹤7号"的车票"哗啦哗啦"地摇着让宫本看。尽管如此，宫本还是无论如何也无法将记忆中的那位瘦小而肤色稍黑的女同学和眼前这位衣着华丽的女人联系在一起。

对方淘气地笑着说道："真的不认识了？"

宫本终于通过嘴形找出了七年前的村上阳子的轮廓。他苦笑着说道："你来了！真的是阳子吗？"

"当然是真的！"

"我真不敢认了！"

宫本叹了口气，联想到女人的变化真是太惊人了。

"时隔七年收到你的来信，真是太高兴了！"

村上阳子靠近宫本，带来了一股呛人的香水味。

"听说你在电影制片厂工作，所以我把信寄到了制片厂。"

"我们 NF 制片是家大厂。"

"你是那里的职员了？"

"就算是吧！"

"一个职员就打扮得这么阔气吗？"

"生活在文艺界嘛！"阳子得意地笑了。

文艺界对宫本来说是未知的世界，岂止是未知，还曾是他所憧憬的世界。从这里面飞出来的阳子使宫本感到太炫目了，与其说是因为阳子的漂亮，倒不如说是宫本被她显露出来的华丽气质所慑服，同时，还包含着对当年那位个子挺高但缺乏生气的女孩子变成这样而感到吃惊的因素。

宫本的心怦怦直跳。时隔七年的重逢本就足以使人激动不已，加上女同学如此漂亮，自然令人更加兴奋。

宫本真心实意地说道："你能来太让人高兴了！"

"是啊，时隔七年了，任谁都会来相聚的。"阳子也十分高兴，"况且，宫本君的信也写得太棒了，让人一看就想一起回青森。你给每一个人写的信内容不一样吧？"

"是的，我想，给六个人的信要是内容相同，可就太没意思了。"

"不愧是做过总编的人啊！"

受到阳子的赞扬，宫本显得很得意。在高中办校报时，他就是位出类拔萃的青年文人，曾模仿宫泽贤治①写过诗。他一度特别崇拜在青森出生的太宰治②，每当读他的作品时自己便如醉如痴。时至二十四岁的今天，他知道自己没有当作家的才能，便走上了做律师的道路。尽管如此，他仍保持着对文学的爱好。在给六位旧友写信时，他打算在信的内容上下一番功夫，所以给每个人写的内容都不一样，如今受到了赞扬，他自然十分高兴。

"还有时间呢，喝点儿茶去吧？"宫本邀请阳子。

"好吧。不过，咱俩都不在这儿行吗？"

"不要紧，马上就回来了。"

"走吧。我嗓子正干，也想喝点儿什么呢。"

---

① 宫泽贤治（1896—1933），日本昭和时代早期的诗人、童话作家。

② 太宰治（1909—1948），生于日本青森县津轻郡，是二战后在日本和川端康成、三岛由纪夫齐名的重要作家，主要作品有小说《逆行》《斜阳》《人间失格》等。

"站外那家咖啡馆蛮不错的。"

宫本正催促阳子向外走时，一位身材高大的男人向他们走来，边走边用与他那身体相称的粗犷声音喊道：

"喂！宫本君！

2

他叫片冈清之。七个人中，唯有他成长在富裕的家庭，高中毕业便进入东京的 K 大，毕业后又在父母的资助下在东京开了一家津轻物产店。他家原本在青森市内经营着一家相当大的物产店，所以东京的物产店可以算个分店。

二十四岁的片冈当上了有五名雇员的物产店经理，似乎有些春风得意，曾专程拜访过宫本，所以，宫本唯独与他不是七年未见，而是相隔一年便再次见面了。

一年前会面时，片冈坐的是一辆林肯·大陆牌小轿车。他对宫本说，打算今后的两三年在东京都内开办五六家分店，一旦宫本考上律师就请他当自己的法律顾问。当时，宫本感觉他太得意忘形，对他印象很不好。

多亏这次请侦探社调查，宫本了解到片冈的津轻物产店经营得并不顺利。

片冈的两只眼睛透过镜片紧紧地盯着村上阳子，问道："这位是阳子吗？"

"你是片冈君？"

"是啊。太叫人吃惊了，丑小鸭变成白天鹅了！"

"谢谢！片冈君如今在干什么？"

"就算是经理吧。说起来，现在可称为做买卖的青年实业家了！"

"了不起！"阳子的眼光突然就变得温柔起来。

"你打扮得也够华丽啊，工作很体面吧？"

"你家可是原来就很有钱的。"

"是的。"片冈得意地"咯咯"笑了起来。

两人的交谈把宫本晾在一旁，宫本感到有些气愤，便朝片冈说道："我正要和她去喝茶。"

他原想挤进两人的谈话中，没料到片冈干脆地说道："那么我带她去，我知道附近有家能喝上美味咖啡的地方。你留在这里不是正好吗？"

"还有时间呢！"

"可你是这次旅行的负责人，应该留在站上。"

"我也这么考虑，要是其他人来了，谁都不在这里多难堪啊，所以宫本君最好还是留在站上。"阳子也应声附和着，很明显她是想和片冈单独聊聊。

宫本明白此时不便再说一同去，便说道："明白了，那我就留在站上好了。"

大个子片冈露出满意的面容，搂着阳子的肩膀向广小路走去。突然，他一个人返回来，匆匆地对宫本说道：

"你的那封信怎么回事？写得真没意思。"

"啊？"

宫本感到一阵迷惑不解，可是片冈已经转身走了。

3

宫本再次返回到中央检票口时，已经是晚上 9 点 20 分了。他转身看看四周，没发现一张自己所想念的熟悉面孔，信上又没有指定集合地点，恐怕大家认为信里附上了车票就是要在列车上见面了。宫本心想，要是在信上大致指定个集合地点就好了。

上野站很大，有好几个出入口，有正面的大门、广小路口、浅草口及公园口等。宫本琢磨着，如果在站内没有碰见其他人，那他们会不会在某个入口处等着呢？如果是那样就糟了。于是，他决定转一圈看看。

他先走出有出租车停车场的正面大门，再拐向广小路口，一直走到一处挂有电话牌子的房前。看来这一片是没有了。就在这时，一名年轻的姑娘走了过来，她一眼便认出宫本，高兴地叫道："宫本君！"

这次可与重见村上阳子时不同，宫本立即回忆出她的面容，笑逐颜开地说道："你能来可太好了！"

她叫桥口檀，当年比村上阳子长得可爱，曾一度成为宫本等人崇拜的偶像，可是如今却变得相貌平平了。

"真是太巧了，我正想回青森呢！"

"你说的回去，是说回青森就不回来了吗？"

"那要看情况。"

"你现在是在百货公司里工作吧？"

"是的。"

"结婚了吗？"

"啊……"宫本一问，桥口檀的脸色变得很难看。

"那恭喜你了！"

"还没有明确定下来呢。"桥口檀突然转移话题说道，"刚才我见到町田君了！"

"啊？他也来了吗？"宫本十分高兴。他曾以为在这些朋友中，唯有町田会以某个借口不来参加这次旅行。

"町田君现在在创作电视剧本呢！他在我们这些人中毕竟还是最有才华的，如今也是最出名的人。你知道有个叫中西信的剧作家吗？中西信就是町田君的笔名！"

"啊，我不太清楚。"

"他虽然很忙，可今天也来了，他同样也想回青森看看。"

"他去哪儿了？"

"他说不能光躺在卧铺上，要去买点儿杂志看，还说顺便再买瓶威士忌。"

"对，喝了酒睡觉舒服。"

"其他人还有谁来了？"

"村上阳子和片冈来了。因为时间还早，两人一起喝茶去了。"

"阳子也来了？！太好了，不是只有我一个女的了。"桥口檀微微一笑，接着又问道，"她变漂亮了吧？"

"漂亮！简直认不出来了，变化非常大，片冈那家伙见了她还装模作样地说丑小鸭变成白天鹅了。"

"是吗？！"

"过会儿如果川岛和安田能来，咱们这七人小组就算聚齐了。"

"我想他俩会来的，一定能来！"

"你知道这两人如今在干什么工作吗？"

"不知道，我们一直未见过面。宫本君肯定知道了，因为你给大家写的信啊。"

"毕竟真心想和大家见见面，所以我就操了点儿心，去调查了一下。"

"他们两人现在干什么工作呢？"

"你认为这两个人能干些什么？"

"嗯……"桥口檀用手指揉着鼻子思考起来，"川岛君有力气，还喜欢汽车，性格也爽快，会不会在干汽车推销员之类的工作？"

"有意思的想法。那么，你认为安田君在干什么呢？"

"他是考上东京的 S 大学了吧？"

"对，S 大的经济系。"

"安田君嘛，他是男同学中最认真的一个，老成持重，要是大学毕了业准会当个职员，说不定已经结婚了。"

"你要是当个算命卜卦的，一定会成功的。"宫本笑了起来。

"那么我都猜对了？"

"安田君正如你所说，当了公务员，而且在通产省①里算是出色的。川岛可没当汽车推销员，不过和那一行很相似，他独自经营了一家运输公司，虽然公司小了点儿，但他也是个经理。"

"有人结婚了吗？"

"男的好像全是独身，确切的情况还不清楚。至于女性嘛，因为都没有改姓②，我想两位还都是小姐，对吗？"

"我还没有结婚。"桥口檀龇着牙笑着说道，"高中时的町田君既是诗人又是哲学家，宫本君也是净读些太宰治的作品啊！"

---

① 通产省，即通商产业省，日本旧中央省厅之一，是承担着宏观经济管理职能的政府部门。
② 日本法律规定夫妻同姓，女方改为男方的姓氏，或男方改为女方的姓氏。但绝大多数日本女性在结婚后改为男方姓氏。

"我是冒牌货，这些年来都没打开过诗集便是证据。现在我正在学法律。町田才是货真价实的诗人、哲学家呢！"

"他也来东京上大学了吗？"

"不。他转到京都的 F 大，在那里攻读印度哲学。"

"是吗？那东西学起来很吃力的。"

"嗯。"

"那么，他是又写诗又钻研那些深奥莫测的东西了？"

"啊，好像他来东京后至今仍在作诗。"

"果然如此。啊，还是那双漂亮澄澈的眼睛啊！"桥口檀微微一笑，突然抬起手来喊道，"町田君！"

4

町田拿着手提包和一个塑料口袋向两人走过来，塑料口袋被杂志和袖珍瓶威士忌撑得满满的。

高中时的町田就别具一格，颇有点儿哲学家的风度。如今他都已经二十四岁了，这种风度仍旧未改。桥口檀所说的那双漂亮澄澈的眼睛，确实让他看起来像一位诗人，不过换个角度看的话，也可以认为是一种清高孤傲。

宫本朝町田喊道："喂！"

町田用手拢着头发说道："谢谢你的来信，就是看了它我才决定来的。"

"哪里，我是绞尽脑汁写出来的。"

"是吗？写得太有意思了。"

"你这么说真让我太高兴了。"

"太高兴？！"町田突然皱起眉头。

宫本慌忙说道："我是说因为你是真正的诗人，诗人要比别人更注重语言，我在给你写信时，唯恐让你见笑，所以特别用心。这封信能让你觉得有意思，我太高兴了。"

"一读就知道你给我的信是费心写的，言辞经过了精心推敲，而且没有一个错别字。"

"谢谢。"

"那么，其他的朋友呢？"

"片冈和村上阳子早来了，他们先去喝茶了。如果安田和川岛能来，咱们七个人就聚齐了。"

"他们也会想来的。"町田说道。

桥口檀"咯咯"地笑着说道："我也想见见他们呢！"

宫本看看自己的手表："现在'夕鹤7号'列车已经开始检票了，咱们到中央检票口那边去吧，也许其他朋友都来了。"

桥口檀马上表示赞同道："走吧。"

正如宫本所料，在中央检票口处站着川岛和一个女人。那女人有二十七八岁，从风度上看，一眼就能看出是干女招待行业的。

川岛认出了宫本，抬手打了个招呼，然后对那个女人说道："你回去吧！"

那个女人爽快地说了句"你可要多保重"，便转身向出租车停车场走去，消失在人群之中。

宫本对川岛说道："你可以带刚才那个女的一起去嘛。"

川岛有些得意地答道："她不过是我经常光顾的一家酒吧的老板娘，我说要去青森，她偏要来送行。如果你们谁都没来的话，我还真准备带她一起走呢！"

说完川岛"哈哈"地笑出声来。

"川岛君，听说你搞了家运输公司？"

桥口檀刚一发问，川岛马上从上衣口袋里取出名片递给宫本他们每人一张。

"给你们我的名片。"

名片上印着：

　　川岛运输公司经理　　川岛史郎

桥口檀笑着问道："当上经理了？"

"啊，不过现在还只有五辆车。"川岛得意扬扬。

他用犀利的目光扫视了一下三人，接着说道："大家都没有太大的变化啊！町田君依旧是苦着脸，桥口檀还是个丑八怪，宫本是一副假正经。一看到你们三人，我立刻都认出来了。"

宫本笑着说道："你也一点儿没变啊！不过，村上阳子可变了，肯定会叫你大吃一惊的。"

"黑丫头也来了？"

"她和片冈喝茶去了。她现在可变得特别漂亮了！"

"黑牧羊女变成白牧羊神了？"

宫本说道："见了面你就清楚了。"

离开车时间还有十分钟，片冈和阳子终于回来了，两人像一对情人，手挽着手，大概是在咖啡馆里谈得很投机。

宫本一见此景，心中有些愤愤不平，他瞪了一眼片冈说道："真担心你们会迟到。"

片冈满不在乎地说道："不是还有时间嘛！"

川岛大声叫起来："黑丫头变成大美人了！"

宫本说道："现在该上车了。"

片冈一边往外掏车票一边问道："还剩安田没来？"

桥口檀说道："听说安田当上通产省的小官了。"

片冈笑着说道："那他肯定是在为石油问题而忙碌，请不下假来。"

宫本建议道："大家还是先上车吧。"

五个人通过检票口，向停靠在第19股道的"夕鹤7号"特快卧铺列车走去，留下宫本一人在检票口处等待安田到来。毕竟还是盼望七个人聚齐一起回青森啊！可是离开车还有五分钟时，安田仍未出现，没有办法，宫本只好通过检票口匆忙向

"夕鹤7号"列车跑去。

十二节车厢编组的蓝色车体静静地等待着出发。"夕鹤7号"列车的最尾部是唯一的一节双层铺一等车厢，其余十节载人车厢均为三层铺的二等车厢。

宫本上了车，还把头探出车外望着检票口，可是发车铃声响过，车门被关上，安田仍没有出现。

"安田君到底还是没有来。"

宫本的背后传来一个女人的声音。一闻到那浓烈的香水味，宫本就知道背后的人是阳子。

"啊，他没有来。"

"宫本君知道他的住址吧？"

"知道。"

"那么到了青森之后，大家一起给他写封信吧。"

宫本点点头："好吧。"

列车缓缓地并且一点点地加快着速度，在窗外飞逝的灯光突然开始显得模糊不清，好像是下雨了。

5

和森下分手后，龟井来到上野站附近。这时，本来就阴沉沉的天空终于"啪啪"地落下了雨。雨中带有春意，淋在身上并不使人感到难受，所以龟井没有特意加快脚步，而是慢步向车站走去。

突然，后面传来一阵刺耳的警笛声。龟井惊奇地停住脚步，只见一辆警车从身边飞驰而过，在上野站前停住。龟井感到站里肯定发生了什么案件，来自刑警的敏锐促使他不由自主地小跑起来。

又一辆警车紧跟而来，接着鉴定车也驶来了。龟井从浅草口跑进中央广场，只见人们纷纷向广小路口跑去，他便跟着人群向前快跑。车站行李搬运人员室后面的宽敞的盥洗室前，身穿制服的铁路公安人员和警察们正在向外推着人群。

龟井走到一名警察面前恳求道：“能让我进去吗？”

对方责怪似的问道：“你？！”

这时，从盥洗室里走出一位中年警官，他朝年轻的警察说道：“这个人可以进来。”

说着他来到龟井身边问道：“龟井君，你到这地方干什么来了？”

这个人是上野警察署的刑警，叫日下。他曾和龟井一同侦破过一起发生在上野一带的杀人案，二人相差一两岁。

“正巧路过。是杀人案吗？”

“好像是。在厕所里。”

“死者年轻吗？”

“啊，很年轻。”

"能让我看看吗？"

"你有什么线索？"

"也许有。"

"那我带你进去吧。"

日下带着龟井走进盥洗室。男厕所最里面的便池敞着门，一位鉴定人员正面向里面拍照，闪光灯不断闪着刺眼的光亮。

日下对鉴定人员说道："请您稍微让开一点儿。"

龟井窥视了一下里面，一名年轻的男子脸扎进便池里倒在地上。他身穿一套西服，雨衣卷成卷儿落在旁边。见到不是年轻的女人，龟井松了口气，因为刚才他还在琢磨，死去的人会不会是森下托自己查找的松木纪子。

"我不认识这个人。"龟井对日下说道，"好像是被刺死的吧？"

死尸被拉出便池，便池周围留下一摊黑紫色的血迹。尸体仰面朝天地放在水泥地上，不知从哪儿飞来的苍蝇落在死者脸上。虽然仅有一只苍蝇，但龟井仍觉得有些凄惨，不由得在死尸旁蹲下，挥手将苍蝇赶开。

日下用寻求肯定的语气问龟井："年龄也就在二十五六岁吧？"

"大概就这岁数。好像是个公司职员。"龟井一边回答一边查看死者。

死者穿的是三件套的深蓝色西服，扎着土黄色的领带，头发剪得很短，确实很像一般的公司职员。

龟井马上又断定："他是通产省的官员。"

"你怎么知道的？"

"衣服上戴着徽章呢！这是通产省的徽章。"

"这么说来是通产省的人了。"日下点点头，开始检查死者携带的物品，"他没有戴手表。"

"作为职员却不戴手表，这一点很可疑，恐怕手表是被凶手拿走了。"

日下翻了翻死者的西服内口袋，又对龟井说道："也没有钱包！"

"有身份证什么的吗？"

"稍等一下！"

日下从死者的西服口袋里掏出一个折成两折的信封，随手将信封撕开，从里面抽出一张信笺和一张车票。他看了看车票说道："是今晚'夕鹤7号'的车票。"

"'夕鹤7号'是开往青森的特快卧铺列车。"

"对了，据我所知龟井君也是青森人嘛！"

"是的，而且我还坐过'夕鹤7号'列车回老家呢。"

"这张车票也是到青森的，是一等卧铺票，发车时间是21点53分。这趟车在四十分钟前就开走了。"

"可怜哪！死者不能乘坐'夕鹤7号'列车了！那张纸上写了什么？"

"收信人的姓名是安田章。"

"会是死者的姓名吗？"

"可能吧。"日下点了点头，飞快地浏览了一下信的内容，随后把信递给龟井。

信上写着：

　　遵从七年前的约定，我寄上此信。你当然还会记得当年那个罗曼蒂克式的约定，为此，我制订了一个从4月1日起为期四天三晚的旅行计划。

　　同信一起寄上"夕鹤7号"列车的车票，请你务必参加。

　　最近才得知你当上了通产省的官员。我真想也选择像你这样的职业。如今，官员中的风气不正，已构成种种问题，不过，我想你为人忠诚老实，肯定会与他们不同，不会成为那种人的。

　　其他朋友分别活跃在各行各业之中，我已分别给他们寄去了信和车票。

　　请你务必要来参加旅行，缺少一人大家会感到寂寞和遗憾的。

　　再见为盼！

　　　　　　　　青森F高中　七人小组　宫本

日下问龟井："你知道 F 高中吗？"

"啊，就在我毕业的那所高中附近，和我们学校是棒球赛的竞争对手。不过总是对方胜。"

龟井微微一笑，接着又问道："死者是准备一起回青森才来上野的呢，还是来打招呼说不能去呢？"

"如果能找到手提包就可以认为是准备乘坐'夕鹤 7 号'列车的。"

"还没有找到吗？"

"是的，也没有找到凶器。"

"车票还没有剪口呢。"

"不过，仅一点还不能断定死者是准备乘车还是来送行的。"

龟井紧紧地盯着死者的面孔，说道："我认为他是准备坐车的。"

"你为什么这样认为呢？"

"有两条理由。"

"嗯？"

"第一，信上说是时隔七年再次见面，而且是故乡友人的聚会，只要没有特殊情况谁都会想参加的，这是人之常情，死者好歹也是通产省的官员，回到故乡也是很光彩的。"

"另一个理由呢？"

"第二个理由嘛，除非是像青森人这样的东北人，其他人是不会理解的。"

"哦？"

"你出生在哪里？"

"东京。"

"那么这个理由对你就不适用。"

"你指的是什么？"

"上野站对像我这样的东北人来说，具有一种独特的气息。"

"我经常来这个站跑通勤，在我看来它只不过是个还不完善的车站。"

"这是因为你是东京人。对于我这样的东北人来说，上野站与其他站是不同的。车站内除了有东京的气息外，还有一种令人怀念的故乡东北的气息。"

"这是你的错觉吧？这里可不是东北，而是东京。看看周围，哪里有水田和流淌着的小河？有的只是被污染的空气及没有绿色的水泥马路。不过，我倒更喜欢这显得有些脏的街道。你所说的心情我可以理解，可那终归是一种错觉吧？"

"确实，如果说是错觉，也许就是错觉，因为这里是东京嘛。不过，上野站里确实有某种东西，给我们东北人以错觉，我认为这种东西就是气息。也许是刚刚到达的东北人带来了这种气息。反正，上野站对于从东北进京的人来说是终点站，站里渗透着东北的气息。大概这是个可笑的说法，但是到东京来寻求某些东西的东北人都把上野站作为一个终点，认为这是告别了东北从而变成东京人的一个标志。这难道不正说明上野站里渗透着东北的气息吗？总之，这里存在着会引起我们东北人伤感的东西。我来到东京已经二十年了，尽管如此，每次来上野站都还会引起我的伤感。死者来东京才七年，这种感受难道不比我更甚些吗？"

"我不明白你想说什么。"

"我是想说，对于出生在东北的人来说，去东京站为友人送行和去上野站的心情是截然不同的。"

"这种心情我似乎可以理解。"

"死者拿着今晚的'夕鹤7号'车票，一旦出示车票通过检票口，列车就会将他拉回故乡。如果是在东京站，即使是九州人拿着九州的车票，也可以认为是出于某种原因顺路为朋友送行，把车票交给友人后他就会离开车站。但是在上野站就不一样了，只要这人拿着回故乡的车票，就几乎可以肯定他是准备乘列车回故乡的，这一点是不会错的。"

龟井相当自信。按理说这一结论的得出违背了刑警破案讲证据的客观性，不过正如对日下所说的那样，龟井生在东北，年纪轻轻便来到东京，这是根据自身经验而得出的结论。

龟井从青森的高中一毕业便来到了东京，当时他只有十八岁。到东京后的前两三年，他怎么也不能适应这个大城市的生活，不知是幸运还是不幸，他的家里并不富裕，不容他吃闲饭，加之当时再回青森也找不到工作，所以他紧紧地抓住机会，来东京当上了一名刑警。他的两只脚也曾不由自主地迈向上野站，不是为了买车票，而是进入站内来闻一闻这里的东北气息。他无意识地感到，这比买张车票更有滋味。

这位被害者虽然已经在东京就职，但那种心情应当是和龟井相同的。只要他是东北人，这里是上野站，就应当如此——龟井就是这样认为。

日下看了看手表说道："夜里 11 点 23 分了，死者应当乘坐的列车现在开到什么地方了？"

龟井答道："如果正点的话，再过五六分钟就应该到达水户了。"

日下有些吃惊："你了解得真清楚啊！"

"我回青森一般都坐这趟车，第二天早晨接近 9 点时到达青森。这个时间不早也不晚，最适合接站。所以我很自然地记住了这趟列车的大体时间表。"

第三章　夕鶴7号

1

特快卧铺列车"夕鹤7号"是日本东北地区夜间的主要列车。"夕鹤"这个称呼取自北海道钏路湿地①的丹顶鹤。由于乘坐"夕鹤7号"列车再换乘北海道内的"北斗号"特快列车非常方便，所以乘坐"夕鹤7号"的旅客除了直接到达青森的之外，多数人都是去北海道的。

"夕鹤7号"列车由十二节车厢编组。其中一节为一等卧铺车厢，十节为二等卧铺车厢，还有一节电源及行李车厢。一等卧铺是双层铺，二等卧铺是上中下三层铺。"夕鹤7号"列车的一等卧铺很特别，不是横向排列，而是顺着列车行进的方向纵向排列，所以车动起来后感觉摇晃得不严重。一等卧铺车厢挂在列车最后面，准确地说，应当是在所有载人车厢的最后面，因为它后面还有一节电源及行李车厢。

一等卧铺车厢的中央是一条通道，卧铺顺通道排列。铺号从上1、下1号开始，一直排到上14、下14号为止，共二十八

---

① 钏路湿地，日本国内面积最大的湿地，是丹顶鹤栖息的天堂。

个铺位。车厢里除了宫本他们之外，再就是一个从名古屋去恐山灵场的老人团体。自列车从上野站发车后，这些老人们便用名古屋的方言喋喋不休地聊天。不到夜间 11 点列车的熄灯时间，他们就钻进各自的铺位，拉上了帘子——也许是从名古屋开始的"强行军"使他们相当疲劳的缘故吧。

宫本是在上铺。铺位相当高，像玩具似的梯子还真有点儿难上。正因为如此，他才将下铺分配给两名女性。车厢内有个狭小的更衣室，但乘客们几乎都不用它。宫本钻进上铺，拉上帘子，然后取出该换的衣服。同三层铺相比，双层铺上铺的头顶上方还有些空间，但那也不过是能坐着伸直腰罢了。他先坐着脱去上衣和衬衫，再躺下脱去裤子，然后换上预备好的睡衣。铺位虽然非常窄小，但也许是因为惦念着要回到久别的青森，所以他心中有一种像在高中时代去修学旅行般的愉悦。

其他五人中有人在熄灯以后仍不换装，继续兴奋地聊着天。但毕竟还是有些疲劳，夜间 11 点多时，大家相互道了晚安，分别钻进自己的铺位并拉上了帘子。因为今天是星期五，大家都是刚刚结束了一天的工作来乘坐这趟列车的。

宫本换好睡衣，打开枕边的照明灯躺了下来。上铺没有窗户，可是人躺下后，水平看去正好能看到一个像横放的书那么大的小窗。与其说是窗户，不如说是窟窿，这窟窿上还有个盖子，拉开那个盖子，外面流逝的夜景便可映入眼帘。宫本透过小窗眺望着夜景。

雨好像已经停了。

为安田准备的铺位一直空着，宫本心里琢磨着安田为什么没有来。

列车的第一个停车站是水户，正点到达应当是夜里 11 点 27 分。但由于误点两分钟，列车实际到达时间是夜里 11 点 29 分。列车将在这个站停车九分钟。

宫本躺着的铺位正好在车站的照明灯下，刺眼的灯光从小窗射了进来。他无可奈何地关上了盖子，不知从什么时候起便迷迷糊糊地睡着了。

他梦见自己似乎还在高中时代。他从高中毕业后就到了东京，也曾梦见学校的生活，而且不着边际，但那时的梦不知为什么多数都是令人懊丧的，很少有让人感到愉快的梦。近来他不再做这样的梦了。可是在今天这个梦中，他又梦见了川岛、町田、片冈、桥口檀、村上阳子，还有今天没有露面的安田。梦中的自己在主持会议，大家正讨论着什么，议题却不清楚。在激烈的争论中村上阳子哭了起来，自己不知如何是好，其他朋友说这是议长宫本的责任，将他围了起来，齐声叫道："宫本精神点儿！宫本……"

"喂！宫本！"

喊声使宫本睁开眼睛，看到是町田认真的面孔，宫本一时间感到自己仿佛还在继续做梦，便揉了揉眼睛。枕边的照明灯一直亮着，自己未关灯就睡着了。他看了看手表，才凌晨 3 点

35 分，便问町田："有什么事吗？"

町田小声地说道："列车现在过仙台站了。"

深夜的车厢内异常安静，只能听到一阵阵轻微的鼾声。宫本眨着眼睛看着町田反问道："已经过仙台了？那又怎么了？"

町田把脸贴近宫本说道："川岛不在了！"

"不在了？"

"是的。川岛的铺是 3 号下铺，正好在我的铺位下面。"

"你怎么知道他不在了？"

"凌晨 1 点时我怎么也睡不着，于是想借川岛带的杂志看看。我打开他铺位的帘子往里边看了一下，里面并没有人。"

"是不是上厕所去了？"

一等卧铺车厢有盥洗间，所以上厕所和洗脸不用去别的车厢。

"我也曾这么认为。可是大约三十分钟后我又往里瞧了一次，川岛仍没有回来，因此我很担心。刚才我睡醒一觉又去看了一次，川岛还是没在。"

宫本突然也担心起来："这事的确可疑。"

两个人穿着睡衣，沿着昏暗的通道来到川岛的铺前。打开下铺的帘子往里一瞧，果然如町田所说，铺上没有川岛，仅放着一个手提包，几本杂志散放在手提包的四周，睡衣整整齐齐地放在铺上，鞋却不见了，大概川岛是穿着外衣到什么地方去了。

"肯定是搞错了!"宫本望着町田笑起来。

"搞错了?"

"那小子上高中时就是个冒失鬼,会不会错钻进安田的铺上了?"

"可安田是上铺啊,总不能连上下铺都搞错了吧?"

"反正查查看吧。"

宫本爬上2号上铺,但这里也没有川岛的影子。他从梯子上下来后对町田说道:"他不在。"

町田纳闷儿地看着宫本问道:"他会不会是下车了?"

"不会的,他没有理由中途下车,再说手提包还在这里。"

"可是川岛这家伙能到哪儿去呢?"

"是啊。"宫本思考起来,"难道这家伙去撒酒疯了?"

"我知道他上高中时就喝酒,不过最近的情况就一点儿也不知道了。你不是曾详细地了解过吗?"

"我也不太了解。只是今天,不,是昨天,有一位酒吧的老板娘曾来上野站送他,看样子他是经常去那家酒吧里喝酒的。"

"难道是喝醉了?"

"既然带威士忌来了就不会不喝吧。也许是喝醉了去厕所,回来时却向二等卧铺车厢走去了。这节车厢虽然是满员,可二等卧铺车厢有十节,还是相当空的。会不会他醉醺醺地睡在了什么地方?"

"是啊,也只有这么考虑了。不过,要找遍十一节车厢也够咱俩费劲的。"

"不用管他了。到了青森站这家伙就会挠着头皮回来的。"宫本笑着开始寻找自己的铺位。

"真叫人操心。"町田也笑了。

2号下铺的帘子打开了,桥口檀探出头来。大概是被两人的说话声吵醒,她揉着眼睛问道:"怎么了?"

"没什么事,休息吧。"宫本说道。

"现在几点了?"

"快4点了。"

"是吗?都快天亮了!"

桥口檀说着,身穿粉红色睡衣从铺中钻出来,向两人道了声对不起,趿拉着拖鞋向厕所走去。

町田问道:"她不会也睡蒙了去二等卧铺车厢吧?"

"你要是担心的话就等她回来。"

"不,到青森前我还想再睡上一觉呢!"说完町田爬上了自己的铺。

宫本也钻进自己的铺,川岛的事他并不担心,他认为川岛肯定是睡迷糊后去了二等卧铺车厢。与此相比,倒是桥口檀穿睡衣的样子给他留下了极其强烈的印象,不时地出现在他的眼前。

2

　　列车通过一关站后，天渐渐地亮了起来。今天的天气非常好。宫本叼着烟，透过小窗欣赏起外面的景色。眼前是一片地地道道的东北景色，没有一根工厂烟囱，只有一望无垠的森林和无垠的水田、旱田，这种景致坐在新干线里是绝对见不到的。在小小的道口上，警报器发出"嘟嘟嘟"的声音。去田里干活儿的人们一动不动地等待着列车通过，宫本真想对这些人打个招呼。还是故乡好啊！

　　早晨7点整，车内的广播里传出"各位早上好"的声音。旅客们纷纷起床。据广播讲，二等卧铺将要把铺位折叠解体，一等卧铺还将保持原样。这样的话，一等卧铺的人就可以一直躺到青森。宫本在7点30分时从铺上下来，走进盥洗间洗脸。

　　夜行列车的早晨使人感到愉快，大家虽然未睡在同一个铺上，总还是在同一列车中共度了一个夜晚，旅客之间似乎因此产生了一种连带感。在盥洗处，不论是谁见了面都会道声早安，或者揉着眼睛说句"好啊，天气真不错"来相互问候。

　　就在宫本洗脸时，其他朋友也起床了。同乘这节一等卧铺车厢的那群去恐山的老人一个跟一个地来洗脸。

　　一等卧铺车厢有个狭小的吸烟室。宫本洗完脸后走进吸烟室，看见化完妆的漂亮的村上阳子正在吸烟，他道了声"早安"便和阳子面对面坐下来。

阳子"咯咯"地笑着问宫本："昨天夜里，你们吵吵什么事呢？"

"是凌晨3点多钟吧？川岛没在自己的铺上。"

"啊？"

"大概是他迷迷糊糊地跑到二等卧铺车厢睡觉去了。"

"川岛君是那种冒失鬼吗？"

"有件关于川岛的事情我记得非常清楚。"

"什么事？"

"那是在上高三时，具体什么事我忘了，反正把他弄哭了。"

"是你把川岛弄哭了，还是川岛把你弄哭了？"

"是我把川岛弄哭了。所以我想，川岛在表面上看好像是个自以为天下第一的人，其实也有让人想不到的脆弱的一面。对不对？"

阳子听完"扑哧"笑了起来。

两个卖货的人端着盒饭和茶水走进了吸烟室。宫本心想，这趟车没有餐车，自己作为这次旅行的负责人应当给大家准备饭。他正准备掏钱时，背后传来片冈的声音："请拿六个盒饭和六杯茶。"

随着说话声片冈走进了吸烟室，大大方方地在阳子身旁坐下，然后将盒饭和茶水分给阳子和宫本，满不在乎地问宫本：

"川岛没影了？"

"谁说的？"

"町田。他挺担心的，刚才又去二等卧铺找，真是麻烦呀。"

"我也去看看。"说着宫本站起身来。

"不会有什么事的，不用管他。"

"虽说不会有什么事，可我是这次旅行的负责人。"

宫本把盒饭和茶水放在自己的铺上，向二等卧铺车厢走去。在走到4号车厢时碰到了返回来的町田。町田一见到宫本便问道："没有找到吗？"

"他能干什么去呢？"

町田摇了摇头说道："从迹象上看，他只能是喝醉了酒跑进厕所里睡着了。可是咱们也没办法把列车所有的厕所都打开看看。"

"那咱们怎么办呢？"

町田说道："只能就这样到青森了。"

宫本想了想，也确实没有别的办法。

列车正点到达青森站应当是8点51分，实际上误点三分钟才到达。旅客们全都下车后，宫本找到列车员说起川岛的事情。

列车员半信半疑地听完宫本的述说，然后对他说道："咱们一起查查看吧。"

宫本和列车员一起，从下完旅客的列车一头一直走到另一头，把所有的厕所都打开查看了，可各处都没有川岛的踪影。

宫本失望地走下列车，来到呆立在站台上的四位朋友面前。

片冈问道："川岛这家伙会不会是睡迷糊中途下车了？"

桥口檀也接着问道："川岛君的手提包怎么办？"

町田把桥口檀的话接了过来："我拿着吧。"

总在站台上徘徊也不是办法，于是大家走上楼梯来到二楼。二楼是一条长长的通道，从两侧的窗户可以看到附近的青函联络船①。四五名像是刚从"夕鹤7号"列车下车的旅客正趴在窗前以联络船为背景拍照。对宫本这些青森人来说，这里是终点站；可是对于去北海道的人来说，青森则是通向北海道的门户。正当五个人向出口走去时，站内的广播响了起来："刚乘'夕鹤7号'列车到达本站的东京的宫本先生，请马上到南口问事处。"

片冈独自笑着说道："准是川岛这小子！这家伙可能是在哪儿下了车，又往青森来电话叫咱们在这儿等他。"

"可能是这样的。"

片冈煽动似的说道："如果是川岛来电话，得吓唬吓唬他！"

宫本一人出了检票口来到车站问事处。他对问事处的女职员说道："我就是东京的宫本。"

不等女职员答话，她身后的一位三十七八岁的男人站起身

---

① 青函联络船，这种船只连接了日本的本州岛与北海道，"青"指本州岛北部的青森，"函"指北海道南部的函馆。

来问道："您是宫本孝先生吗？"

"是的。"

于是这个男人说道："请跟我到后面来一趟。"

这个男人似乎不是问事处的职员，宫本感到有些不太对头。到了后面，这个男人从内口袋里掏出黑色的警察证让宫本看了看，然后很有礼貌地说道："我叫三浦，是青森县警察本部的。"

宫本的脸色变得苍白，他连忙问道："是川岛出了什么事吗？"

三浦刑警莫名其妙地反问道："什么川岛？"

"没什么，只要没事就好。"

"你认识一位叫安田章的男人吧？"

"认识。他是我的朋友，本应跟我们一起来青森的。我邀请了他，可是他没来。"

"刚才东京警视厅打来电话，说是有个叫安田章的男人昨晚在上野站内被杀了。"

3

"真的吗？"宫本的脸色更加苍白。

三浦把女职员送来的茶水端给宫本说道："啊，请先用茶。"

接着，他翻开笔记本边看边问道："安田章，二十四岁，青森县立 F 高中毕业，后考入东京的大学，现为通产省事务官。你的朋友确定是这位安田章吗？"

"没错，他是我高中时的同班同学。"

"是你寄去的邀请信和'夕鹤 7 号'列车的车票吗？"

"对，而且是一等卧铺车票。"

"请详细讲讲。"

"讲什么？"

"邀请安田章旅行一事啊！"

"我们自高中毕业到今天已经七年了。当初我们七位高中时的好友来东京时曾约定七年后一起回故乡，大家每年积攒旅费，最后由我负责组织。我就是遵从这个约定才寄去了信和车票。而且，另外五个人都到上野站来了，只有安田没到。我还以为他是因为工作忙走不开呢。"

三浦追问道："那个七人小组包括你吧？"

"是的。我们七个人曾在高中时一起办过校报。"

"你们是乘'夕鹤 7 号'列车一起来的吗？"

"是的。其他人都在候车室里呢。"

三浦起身说道："那么我也去问问他们。"

宫本也站起身来，问道："是不是因为安田被害而怀疑上了我们？"

"不，就像我刚才所说的，我只想打听一下这次旅行的事。"三浦微微一笑，忽然像是想起什么事般问宫本，"你刚才提到川岛是怎么回事？"

"也是一起来的朋友。他不知哪儿去了。"

"不知哪儿去了？！"

三浦停住脚步看着宫本。这地方正好在问事处附近，问事处的职员们停下手中的工作注视着他们两人。

宫本注意到周围的目光，便放低了声音说道："他叫川岛史郎。本来是和我们一起乘坐'夕鹤7号'列车的，但现在人不见了。我们到其他车厢找过，可没有找到。"

"会不会是中途下车了呢？"

"可他的手提箱还在车上。"

"这小子挺有意思的。"说完，三浦慌忙改口说道，"不，对不起。我的意思是说，他这么一来可叫你们操心了。"

第四章

前科者的卡片

1

上午 9 点 30 分，龟井跨进了警视厅的大门，他刚推开搜查一课^①的门，十津川便向他打招呼道："从休假中把你叫回来，真是太对不起了。"

"没关系，我正好有事也要来资料室。"

龟井又试探着问十津川："你要说的事，是昨晚上野站里发生的那起案件吧？"

"是的。警视厅决定在上野警察署成立搜查总部^②，由我来负责。我想在出任前先听听最早见到死者的你的意见。"

龟井回想起昨晚见到死者的情景，皱起眉头说道："真惨哪！"

"真惨？怎么了？"

"那人是腹部被刺、脸扎在便池里死去的，厕所的地面都被血染成了紫黑色。"

---

① 日本公司、政府等下属科室部门称为课。
② 搜查总部，为特殊案件临时成立的专项案件侦查组（专案组）。

"死者好像也是你们青森人？"

"从他拿的信和'夕鹤7号'列车的车票来看，可以认为他是准备昨晚与昔日同窗好友一起回青森的。死者的名字叫……"

"我已经打听过了。他叫安田章，二十四岁，是通产省的官员。"

"是吗？"

"好像是青森县立F高中毕业的。"

"你看死者会是被相约一起去青森的朋友杀害的吗？"

"目前还很难推测。"

"有一点可以肯定，死者是准备乘坐'夕鹤7号'列车才来上野站的。"

"可是据说没有找到手提包之类的东西啊。"

龟井说道："尽管如此，他也是准备乘车的。"

"既然龟井君这么说，我就按这条线索去调查。"

十津川结束了谈话。

龟井目送十津川出门去上野警察署后，马上迈向五楼的资料室。他找到在这里工作的年轻职员田口说道："我想查点儿东西。"

"哪方面的？"

"关于这位女性。"

龟井把从森下那里借来的松木纪子的照片递给田口。

"是龟井君的女儿？"

"挨不上，我的女儿才五岁。名字在照片背面写着呢，叫松木纪子。我想她可能犯了什么案，想查看一下前科者的卡片。"

"明白了。"

龟井小声地加了一句："最好是找不到。"

在田口查找期间，龟井显得心烦意乱，不时地来回走动。他心想，如果松木纪子有前科倒是追查她失踪的一条线索，可同时也会使森下伤心的。

五六分钟过后，田口出门来，用惊奇而又紧张的声音说道："找到了！"

"是吗?！真的有前科?！"

"只有大致情况行吗?"

"可以，让我看看吧。"说着龟井从对方的手里夺过前科者卡片。

卡片上记录松木纪子在一年前的2月，因伤害罪被判处有期徒刑一年，缓期两年执行。

这是在松木纪子二十一岁时发生的事情。

龟井抄下松木纪子当时的住址后走出了资料室。他心想，这个松木纪子果然有前科啊！

2

龟井把森下叫进新宿站附近的咖啡馆。森下一进咖啡馆便盯住龟井兴奋地问道："了解到什么情况了吧？"

龟井答道："你先别着急。"

他接着又问道："你没有对我说谎吧？"

"我？！难道我有必要说谎吗？！"森下瞪大了眼睛。

"那么就是松木纪子的母亲和姐姐对你说谎了。"

"怎么回事？"

"她们对你说过松木纪子近两年间音信皆无吧？"

"是的。正因为这样我才来找她的。"

"可是松木纪子在去年2月因伤害罪被起诉。由东京地方法院判处有期徒刑一年，缓期两年执行。按理说，无论是在逮捕时还是在判决时都是要通知其家属的。"

"这是真的吗？"森下的表情阴沉下来。

"是真的。"

"也许作为凶手的家属认为这种事是一种耻辱，所以才没有告诉我吧。不过，她生病的母亲及姐姐急于想找到她，这是不会假的。"

"是吗？"

"她现在干什么呢？"

"她曾在新宿一家叫'传奇'的快餐店干活儿，也许她现在还在那里。她从前年10月份开始就在那家餐馆里干活儿，并且和餐馆里的酒保发生了关系。那个男人是个玩弄女性的老手，搞三角恋爱，松木纪子便用水果刀刺伤了这个男人。这件事发生在去年正月。男方确实可恶，但她那一下子使那个男的住了两个月的医院。缓期执行的判决书是在当年 4 月正式下达的。"

"这些情况确实吗？"

"我看过了案件调查书，没有错，所以我才把你叫来的。"

"这么聪明的孩子怎么能刺伤别人呢？"森下叹了口气。

"不管怎样聪明，人终归是人嘛！"

森下不满地说道："你看问题倒够冷静的。"

"干我们这一行的可不存在感情用事。喝完咖啡跟我一起走吧！"

"到哪儿去？"

"去那家快餐店啊！我已经调查到当时她的住址。大概她早就搬走了，不过要是能去还是去看看为好。"

龟井催促对方站起身来。

如果"传奇"快餐店现在没有倒闭的话，松木纪子应当还在新宿。已经进入 4 月份了，天气挺暖和，二人一走起来热得想要脱掉上衣。

幸运得很，这家名叫"传奇"的快餐店还在。因为没到营业时间，一个三十五六岁的女人和一个二十七八岁的男人正在一边往外搬圆椅一边刷洗。龟井走上前向这个女人打了声招呼。

她停下手看着龟井说道："还没有营业呢！"

"我知道。我只是想打听点儿事，你是这个店的老板娘吗？"

"你是警察吗？"

"啊。"龟井想到今天自己歇班，便含含糊糊地支吾过去。

她似乎看出了龟井是警察，便问了一句："什么事？"

那个年轻的男人只是默默地用抹布擦拭着冲洗过的圆椅。

龟井把松木纪子的照片递给了她，问道："这位姑娘去年正月时在这里干过活儿吧？"

她用裙子擦了擦湿手，抓过照片看了看，爽快地说道："啊，是纪子呀。她已经不在这儿了。"

一旁的森下忙问："据说她犯了案，是真的吗？"

这个女人看了一眼森下，问道："这位也是警察吗？"

"不，他是纪子过去的老师。"

"是吗？！"这个女人略微一笑，接着说道，"纪子用水果刀刺伤了当酒保的阿英。这件事起因是阿英不好，虽然他并不是坏人，但对女人很不检点，纪子本应当早就注意到这一点，但她却像着了迷一样。也许是因为对她来说，那是她头一个男人的缘故吧。"

龟井问道："犯案的时间是去年正月吧？"

"准确的时间是去年的 1 月 3 日。那天纪子梳了个日本式发型，穿着一身节日的衣服来到店里。大概这身打扮就是为了让阿英看的吧。没想到她却看到阿英正和一个女大学生调情。我看着都捏了把汗。就在这时，纪子突然拿起柜台上的水果刀刺进阿英的后背。真惨哪！冒出来的血把她的衣服都染得血红。本来就是阿英不好，当然要判缓期执行了。"

"后来她怎么样了，你知道吗？"森下紧盯着老板娘问道。

"我真的不知道了。她虽然犯过罪，但我本打算让她在这儿继续干的。"

"你一点儿也不知道吗？"

"听别人说，她回故乡青森了一趟。"

"她没回青森呀！"

"是吗？是因为犯了罪不便回去吧？"

龟井插嘴问道："被刺的那个阿英怎么样了，你也不知道吗？"

"不知道。他被刺伤后立即被救护车送进医院，出院后他曾来过店里一次，说还想在这里干，但被我拒绝了。发生了这种事再在这里干就不合适了。"这个女人说话时含着笑意。

森下把自己的名片给了这个女人，托付她如果见到纪子请转告她母亲病了，让她回青森。

龟井盘算要问的事已经问得差不多了，便催促森下道："咱们去下一个地方吧。"

3

案件发生的当时，松木纪子住在涩谷区初台的一家公寓。龟井和森下坐地铁从新宿站去往下一站初台站。在初台站下车后，刚一通过检票口，一阵强风就吹起地上的尘埃。由于地下通道通风口很长，使得强风吹个不停。两人从甲州街方向走到地面上，穿过过街桥，沿着细长的小巷向水道走去。

前科者的卡片上写着松木纪子住的是"双叶庄"公寓。从这个名字来看，像是一座有十五六家住户的公寓。其实，它只是出租式公寓，一楼是户主的家，二楼有两间屋出租。

户主是从某银行退休的一对老年夫妇。小小的庭院里摆着自制的盆景。他们一边看着这些盆景，一边回答着龟井和森下的提问。

"松木纪子的事我记得很清楚。"曾当过分行副行长的老人用手指推了推鼻梁上的眼镜说道。

老妇人用诚恳的口吻接着说道："她是位很不错的姑娘，在现在的青年中可不多见啊。"

"是吗？您认为她是不错的姑娘吗？"森下显得非常高兴。

森下这家伙真不愧是当教师的，龟井心里想着，脸上也露出自然的微笑。

"纪子在这里住了有多长时间？"龟井问道。

老妇人回答："有半年左右吧。"

"发生案件时她是住在这里吧？"

"是的。当时真吓人，电视上大肆报道。"

"报纸上也登了。"老头子补充了一句。

"当时您是怎么想的？"

老妇人毫不隐讳地答道："我想，这么好的姑娘绝不会无缘无故地刺伤他人，肯定是那个男的不好。果不其然，是那个男的欺骗了她。纪子并没有什么可恶的地方。"

森下插嘴说道："您这么一说，作为教过她的人可就解脱了。"

龟井又问道："那么你们最后一次见面是在什么时候？"

老妇人想了想答道："好像是 3 月 9 日吧。"

老头子更正说："不，应该是 3 月 10 日，那天是过去的陆军纪念日①。"

"是她到这里来了吗？"

"对，那是在傍晚，她拎着一个小小的手提包，说是要回老家了，所以前来辞行。"

老头子在一旁接过妻子的话说下去："是大约晚上 7 点的时候，我妻子留她吃晚饭，可她说要赶晚上 9 点多去青森的火车就走了。"

"可是她并没有回青森。"森下轻轻地摇了摇头。

老妇人纳闷儿地说道："那就怪了！"

"怎么了？"

"是我送她到大路上，看着她上的出租车。当时，松木纪子

---

① 1905 年 3 月 10 日，日军在日俄战争奉天之战中大败俄军，因此旧日本帝国将 3 月 10 日定为陆军纪念日。

清楚地对司机说去上野的啊！"

由此看来，松木纪子在3月10日晚上去过上野站。既然她说是赶晚上9点多的去青森的火车，那么不是准备乘坐9点40分发车的"夕鹤5号"列车，就是要乘坐9点53分发车的"夕鹤7号"。但实际上她并没有上车。

森下又问道："从那以后再没有听过她的消息吗？"

"我认为她已经回青森了。"

老妇人看着自己的丈夫，老头子也望了望自己的妻子，答道："我也是这么认为的。"

龟井他们准备告辞时，老妇人从屋里取来一个包袱，对他们说道："这是松木纪子放在这儿的。"

龟井和森下饶有兴趣地打开包袱，里面只是几本书，而且全是日本著名作家太宰治写的小说。书的封面已经很脏了，看样子反复翻过多遍。书中的许多地方画着重点线。封底上写着"青森县立H高中三年级A组松木纪子"。字写得并不漂亮，但很工整。

森下拿起一本边翻边说道："过去她就非常爱好文学，尤其喜欢读太宰治的作品。"

"我也喜欢看太宰治写的小说。"龟井说道。其实他更喜欢读太宰治取材于故乡津轻的小说。

"我拿一本行吗？"森下问老夫妇。等对方同意后，他从中挑出一本名叫《津轻》的小说。

　　龟井也决定留下一本，便从中挑了本《富岳百景》。这本书的内容与故乡青森并没有什么联系，他借书的目的纯粹是为了看故事。拿到这本书后，他的心情好像又回到十七八岁时的伤感之中。

　　两人离开老夫妇的家，走着走着，森下像是问自己似的说道："3 月 10 日她为什么没有回青森呢？"

　　龟井答道："可以有两种考虑。"

　　"两种？"

　　"对，一是她去上野站了，但因案件一事感到心情沉重，所以没有上车。虽说是缓刑，终归还是犯了罪，她可能为这些而感到羞耻。"

　　"另一种呢？"

　　"可以考虑是在上野站遇见了谁，所以才没有回去。"

　　"见到谁了呢？"

　　"不知道，譬如，可以是被她刺伤的那个男人，即当酒保的西山英司。"

　　"不是说他住了两个月的医院吗？"

　　"案发时间是 1 月 3 日，她去上野站是 3 月 10 日，即使西山英司出院了也不奇怪。"

　　"确实如此。"

　　"咱们调查这个酒保看看。"

　　"怎么做呢？"

"可以问问办理此案的警察，了解一下他当时是在哪家医院住院。咱们先进这里吧！"

龟井带着森下走进沿街的一家餐馆。

此时是将近下午 2 点，这顿午饭吃得是太迟了。他们点了菜，待上菜期间龟井借用店里的电话先给警视厅打电话，查出了西山英司当时被送往的医院，然后又给那家医院打了电话。

龟井回到座位上告诉森下："西山英司果然是 2 月 27 日出的院。"

"知道他现在什么地方吗？"

"警察也无能为力了，因为他在案件中是被害者啊。"

"那怎么找他呢？"

"新宿的'传奇'快餐店的老板娘提到，西山在案件发生后曾说想回餐馆继续干。所以，他如今应当还在这一行业里干活儿。我认识熟悉这方面情况的人，可以请他们帮忙。"

两人点的鱼和菜上桌时，远处突然响起了滚滚的雷声。

第五章

第二名死者

第 二 の 犠 牲 者

1

十津川抬头望望窗外乌云密布的天空，自言自语道："是春雷吧？"

早晨起来还觉得略有暖意的天气，转眼间变成了雷雨天。

日下打开房间里的灯，然后问十津川："龟井君不参与侦破这个案件吗？"

"今天他休假，明天上班后应该会加入。他是青森人，是侦破这个案件最合适的人选。"

十津川看看挂在墙壁上的黑板。黑板上共写着七个名字：安田章、宫本孝、川岛史郎、片冈清之、町田隆夫、桥口檀、村上阳子。除被害的安田之外，其余六个人的姓名都是青森的警方报上来的。乘坐"夕鹤7号"列车已经到达青森的一行人，如今正在青森县警察本部里听候发落。

"龟井君的看法真对了。"日下说道。

"什么看法？"

"他说被害者是准备同朋友们乘坐'夕鹤7号'列车的。现已查明，在通产省工作的安田曾向上司请假到4月2日。"

　　"据说他们七人是时隔七年再相见，要一起回老家青森去，好像其中有个叫川岛史郎的在列车上就不见了。"

　　"这个人会是凶手吗？"

　　"嗯？"

　　"我认为没有别的可能。恐怕是他与被害者之间发生过什么争执，所以就在相约等候的场所——上野站杀死了被害者，然后装作若无其事的样子坐上了列车。但在列车的摇晃中，他为自己所干的事感到恐惧，于是在途中下了车。"

　　十津川附和道："大概吧。"

　　远处又传来雷声。虽然现在只是下午 3 点多，但上野的街道变得像傍晚一样昏暗。

　　"您认为有这种可能吗？"

　　"给人的感觉似乎有点儿过于简单了。被害者的手提包和手表还没有找到吗？"

　　"还没有找到。现在正在彻底搜查上野站内和车站的周围。"

　　"是凶手夺走了呢，还是别的人拿走了呢？"

　　"如果川岛是凶手的话，那么可以考虑他是为了伪装图财害命有意拿走了手提包和手表，藏在了某处。"日下始终抓住川岛史郎不放。

　　黑板上除被害者安田之外，还写着六个人的名字。有关这六个人的情况，十津川他们一无所知，不知道他们的长相和性格，所以如今这六个名字都只不过是符号。当然，随着调查的深入，这六个人的情况将一点点地被充实，这种符号也就会变成活生生的人。如果凶手就在这六人中的话，终将会暴露。

"通知被害者家属了吗？"十津川问道。

"今早询问过通产省，对方说已用电话联系过了，他母亲和哥哥傍晚到达这里。"

"他的父亲呢？"

"由于家里不太富裕，他父亲于几年前外出挣钱，不幸在东京死于交通事故。据说从那以后，比他年长五岁的哥哥便扮演了父亲的角色。"

"真是太不幸了。"十津川摇了摇头，接着又问日下，"你的老家是哪儿？"

"我是东京人。可以说不了解东北人的心绪。"

"不要紧，好在咱们这儿有龟井君在。"

"警部也是东京人吗？"

"不知道算不算纯粹的江户子弟，反正我没有老家。我们家几代在浅草、神田和上野一带经商。那一带曾是小工商业集中的地区。我出生在那里，不过，我出生时那地方还是东京的新开发地，根本没有所谓故乡感，所以，我不了解在一方有着故乡而生活在东京的人对故乡的那种感情，恐怕这一点和你差不多。对我来说，即使外出旅行时也总觉得终生没有故乡可回。"

"警部的夫人呢？"

"我妻子是大阪人，祖辈三代都是说唱艺人。要是和我相比，恐怕她故乡的意识还要再差一些呢。"

故乡究竟是什么呢？十津川心里想着，抬眼看着并排放在桌子上的照片，这是鉴定人员在现场拍的照片。因为要进行解剖，死者遗体已送往大学医院。第一张照片是俯身倒下脸扎在便池里的死者，第二张照片是从厕所里拉出来后仰面朝天的死者，还有一张照片是染满鲜血的腹部的特写。

十津川眼光不离照片地问日下："发现死者的人是名职员吧？"

"对，他叫伊东三郎，有三十七八岁。要他来吗？"

"不用了。据说他去厕所时发现各个便池都有人，最里面一格的地面与隔板的夹缝有黑红色的液体，他看到像是血，便慌忙报告车站工作人员。车站工作人员撬开门时，死者就像照片这样头扎在便池里，已经死去了。是不是这样的？"

"是的，插销是从里面插上的，因此我认为被害者是在附近被刺伤后逃进厕所的。他从里面插上插销是出于一种防卫本能，但由于伤势过重，他很快就断气了。"

"就这么完了？"

"不能有其他可能性吧？"

"厕所都仔细检查过了吗？"

"检查了，而且相当仔细。插销的构造虽然简单，但是从外面是无法插上的。即使有人使用绳子什么的从外面作案，也不容易做到。所以不会有人这么干的。"

"一起去看看怎么样？"

"去哪儿？"

"当然是去那个厕所了！"

"可我刚才说过，那个厕所已经仔细检查过了呀！"

"再检查一次也没有什么不好吧。"

十津川快步走出房间，日下慌忙跟上。就在两人钻进汽车时，随着一声惊雷天空开始落起了雨点。一道雪白的闪电一闪而过，豆大的雨点打着汽车车顶，撞击着风挡玻璃。整个上野都在雨的笼罩之下。坐在驾驶席上的日下按下了雨刷开关。

"雨真大呀！"日下说道。

"我喜欢雨。"十津川微微一笑。

日下默默地开动着汽车。由于下雨，街上十分昏暗，所有的汽车都打开灯慢腾腾地行驶着。

汽车在上野站的浅草口停下，两人下了车走进车站里。这时日下说道："去现场前我去叫车站的负责人来，就是昨晚我们麻烦的那位副站长。"

"好，我在这里等着。"十津川说道。

十津川来到一座母子雕塑的旁边站下，注视着周围。这座母子雕塑是用白色的大理石建造的，塑造的是一位怀抱婴儿的裸体母亲。大概是由于车站太陈旧的缘故，白色的雕像显得十分醒目。十津川盘算着自己好久没有来上野站了。上次北海道发生案子时，自己是坐飞机去的。如果喜好滑雪，冬天来上野站的机会就多了，可他偏偏喜欢大海，而且是南方的海。尽管如此，他还是对上野站格外感兴趣。东京站使人感受到的是现代的豪华和职业性的冷漠，而这里却不同，在这个土里土气的车站里，会使人感到人与人之间的关系似乎也亲切起来，这一点连生在东京、长在东京的十津川都能感觉出来，更不用说生在青森的龟井了。

十津川正想着，日下领来一位五十多岁的副站长。早就听说上野这样的大站有好几位副站长。

对方自我介绍道："我是副站长，叫冈本，负责对外联系，你们有什么事情可和我联系。"

冈本的话里有明显的地方口音，十津川说出这点后，冈本笑了。"说起来挺可笑的。我是宫城县人，进入国铁后长期在东京站工作，口音全都没了。可是调到上野站后口音突然又冒出来了。也许是因为在这里经常能听到令人怀念的东北口音吧。"

这确实是个很有趣的说法。

十津川问日下："你知道这种公共厕所与一般家庭厕所最大的不同点吗？"

日下一瞬间感到困惑："厕所就是厕所呗。"

"仔细观察是有所不同的。"

"便池倒是比家里的多。"

"不是数量而是构造。从大的方面来看，公共厕所每个厕位既有门也有插销，这点可以说与一般家庭厕所是一样的。但是，家里的厕所如果关上门并从里面插上插销的话，就完全变成了密封的，公共厕所则不同，各厕位的隔断顶上是相通的。警视厅的厕所就是这样的。我想上野站的厕所也相同，所以才决定来看看。你此前说因为插上了门就变成了密室，所以判断被害者是自己逃进去插上的。可是现在看来，隔断顶上相通，凶手完全有可能把被害者强行推进去杀死，然后插上门自己从隔断顶上跳出去。"

"但是警部，在这里上厕所的人进进出出不断，如果他从上面爬出去逃走，不会惹人注意吗？"

十津川转身问冈本副站长："这点怎么样，厕所里会不会有空无一人的时候？"

"有的。事实上，这里就曾发生过在厕所里被抢走钱的事。不过，当时的报道都说这是不可思议的。因为车站的厕所里老是有人，怎么能发生这种事情呢？但实际上正像警部所说，确实存在着空无一人的时候。"

日下纳闷儿地问道："警部，就算照您说的凶手是插上门后从上边逃走的，这难道和被害者自己插上门死去有什么不同吗？反正都是在这里死的。"

"不，有很大不同。"

"哪点不同呢？"

"被害者是以头扎进便池的姿势死去的，如果厕所的门是凶手插上的，说明凶手对被害者怀有强烈的憎恨。"

2

青森县警察本部的三浦将宫本等五人带到县警察本部。从青森站到县警察本部只需走十二三分钟。县警察本部是一座现代化的八层办公大楼，隔着马路是二层楼的法院，高高架起的走廊横跨马路，将二者相连。

三浦将五个人让进会客室，端上红茶和点心，笑着对大家说道："一边吃一边谈好吗？"

三浦本人也是生在青森、长在青森，高中毕业后曾一度憧憬东京的生活而进了东京，但因无法适应大城市的生活又转回故乡，在青森县里当了一名警察，从此便踏踏实实地在青森县警察本部干到现在。所以他清楚地了解这五个年轻人把东京作为目标的心情，也理解七年后他们一起回来的心情，至少是准备理解这一点。

三浦关切地看着这五个人说道："你们已经一点儿东北口音也没有了，就这点来说，经过你们的努力，你们即将变成东京人了。"

村上阳子用标准的东京话答道："可能在这里待两三天口音又变回来了。"

三浦用有些吃惊的目光盯住身穿着华丽服装的村上阳子，

使他感到吃惊的并不是阳子所说的话，而是她有着与其他四人不同的气质。宫本、町田、片冈及那个叫桥口檀的姑娘，七年的东京生活确实使他们染上了大城市的优雅风度，但从外表上看，青森的年轻人也有他们这种大城市的风度。因为时髦的东西只要传播起来就相当快，无论是在青森还是在东京。四个人不知在哪里还残留有东北人的气息，就如同漫步在青森市内的年轻人，即使按最新时装杂志里的样式来打扮，也还是会在某点上显得与东京人不大一样。可是，在村上阳子身上却没有这种感觉，她反而在某些地方有一股抽象派的风度。听说她在电影制片厂工作，似乎这也是一个原因，不过这个原因并不完全说得过去。

"我想大致确认一下，宫本君现在是在律师事务所工作吧？"三浦看着笔记本问道。

"是的。"

"那家律师事务所叫什么名字？"

"春日律师事务所，'春日山'的'春日'二字。事务所设在四谷。"

"工作内容？"

"律师助手。我现在正在学习，准备参加司法考试。"

"这么说将来要当律师了？"

"是的，想当。"

"下面是片冈君。你的名片上写的是津轻物产董事，也就是说你是经理了？"三浦看看片冈清之问道。

片冈高兴地答道："姑且算是经理吧，雇员还相当少。我的店在新宿的 S 大楼二楼，警察先生上京时请顺便到敝舍坐坐。"

"谢谢。青森站前有个叫津轻物产的五层大楼，你和它有什么关系吗？"

"那是我家老头子经营的。老头子如今是市公安委员。"片冈显得有些得意。

三浦微微一笑。"如果是那位片冈先生的话，我还是很了解的。你的店也是你父亲的吗？"

"因为我哥哥要继承那家公司，所以我在东京就是独立的。"

"事业上干得还顺手吧？"

"啊，还算可以吧，我卖的是东北津轻的东西，赚不了什么钱，我是同时抱着向顾客展示一下东北特色的自豪感才干的。"

"这太好了！"三浦夸奖了一句。

片冈乘着兴意诙谐地说道："东北人就是不忘做买卖！"

三浦又转向町田。宫本和片冈都穿着整齐的西服，唯独町田穿着一身猎装，而且一双眼睛显得十分阴沉。三浦问道："你现在没有固定职业吧？"

宫本抢在町田回答之前对三浦说道："他是诗人。"

町田不好意思地笑了。

"诗人不吃饭也不行吧？"诗的世界对三浦来说似乎是太遥远了，他一点儿都不了解。

町田干巴巴地说道："为了糊口要干各种各样的工作。"

"能告诉我你都干些什么工作吗？"

町田反问道："为什么？有这种必要吗？"

三浦很惊讶，这是他问话第一次遭到拒绝。

"你们的事我都想问问。"

"难道这事与什么案件有关吗？"

"来这里的途中我已经对你们说过，你们的朋友安田章在上野站被杀害了，另外还听说和你们一起乘坐'夕鹤7号'列车的川岛史郎也在途中不见了。总之，有些事不得不向你们问一问，当然，你们不一定就是嫌疑犯。不做回答也可以，我只是想得到你们的协助。怎么样，町田君？"

町田答道："我给一家小杂志《诗情·日本》帮过忙，写过广播、电视剧本，干过体力活儿。反正我不想当拿薪金的雇员，那样太受约束了。"

很遗憾，三浦根本没有读过他说的《诗情·日本》杂志，当然更没有看过他发表的诗作了。

不过町田的表情好像很细腻，确实像位诗人。

"将来一定要拜读你的诗。"三浦说完把视线移向两位女性，问道，"桥口檀小姐是在百货公司工作吧？"

"是的。"

"是哪家百货公司？"

"涩谷的生活百货公司，在绅士服装部工作。"

"你和大家也是时隔七年才见面吧？"

"准确地说是隔了六年。虽然我每年都将旅费存进宫本君的户头里，但其实我并不知道到时候大家能否真的一起回去，所以收到信和车票后我高兴极了……"

"村上阳子小姐也是同样吗？"

"是的，我记得自己进京时是秋天，大家一起去郊游，要是从那时算起的话是时隔六年半。这次大家能见面，真多亏了发起人宫本君，得感谢他呀。"

"你是在 K 制片厂工作吧？"三浦确认似的一问。

阳子使劲儿地摇了摇头，更正道："不是 K 制片厂，是 NF 制片厂，比 K 制片厂还大呢。"她好像对自己在大制片厂工作感到十分自豪。

"你在那里干什么工作？"

"什么都干，既干事务性工作也干管理工作。警察先生知道白鸟圭子吧？"

三浦微微一笑，答道："啊，知道。她是青森人，我喜欢她的歌，还经常在洗澡时哼哼几句。比如去年流行的《津轻望乡歌》啦……"

"那您是'白迷'了？"

"啊，是的。"

"那么我给您弄来她的签名好吗？"

"太感谢了。"三浦笑着把面前的红茶送到嘴边。

虽然警察劝过五个人喝茶吃点心，但他们因为被带到县警察本部而感到紧张，所以没有一个人去动茶水和点心。

"关于安田章一事，根据东京来的报告，警方从他的口袋里发现了'夕鹤7号'的车票，所以认为他就是为了赶这趟车才去上野站，这也是很自然的。你们之中是否有人昨晚在上野站见过安田章？"

三浦来回地看着五个人，这五个人面面相觑。

片冈首先说道："我到得早，和村上小姐一起在车站前的咖啡馆里喝茶，直到开车前才回去。"

阳子补充说道："是的。正像片冈君所说的，那家咖啡馆的名字叫'陆奥'。"

"我是在开车前一小时到达上野站的，一般我都是比约定的时间早到。"宫本说道。

"后来呢？"三浦催促宫本讲出下文。

"我见到了在这里的四位和川岛君，不过我没有见到安田章。我想，难道等到列车发车他都一直不露面吗？结果他到底没有来。我还遗憾地认为，他准是因为工作忙不能来呢。至于他到没到上野站来我就根本不知道了。"宫本一边说着一边轻轻地摇了摇头。

"町田君和桥口小姐呢？"

町田说道："我到上野站时是晚上9点15分吧。当时我想，时隔七年才会面，大家都会有很大的变化。于是，我就像他们几位一样四下寻找大家。我第一个发现的是桥口小姐。她一点儿没变，仍像过去那样可爱，我这才松了口气。然后马上又见到了宫本君，他也还有些昔日的样子。但村上小姐叫我略感吃惊——当然是因为她变得漂亮了。"

桥口檀像是对町田的话进行补充："我在上野站第一个发现的就是町田君。我认为他还是跟从前一样，一副聪明的样子。"

町田微笑着说了声："谢谢。"

"接着我见到的是宫本君，再就是川岛君，男人的变化似乎都不大。"

"安田君呢？"

三浦一问，桥口檀摇了摇头："我没见到。"

几个人都一口咬定没见到安田章，而且这五个人似乎不像在说谎，如果他们之中有凶手的话，当然是那个人说了谎话。

三浦又问道："刚才村上小姐说，进京那年秋天，你们曾一起去郊游，从那之后你们就没见过面吗？"

三浦问完之后片冈答道："在进京后的一年左右时间里大家是经常见面的，相互也有联系。后来不知在什么时候大家就分散了，相互间也失去了联系。就拿我来说，我是在一年前偶然知道宫本君在四谷的律师事务所工作，这才打电话见了面，所以我仅是对他一个人的情况知道得还算详细些。"

其他四人的说法基本相同，都是说进京后一年左右还相互知道消息，后来各自潜心于大城市的生活，就再也不知道朋友的消息了。

三浦又问道："有谁知道安田章在通产省工作？"

宫本回答道："这次为了邀请大家旅行，我做了些调查，这才知道他在通产省工作。"

片冈说道："去年正月我回家时曾听说他当了官员，但不知道他在通产省。"

町田和两位女性干脆地回答说根本不知道。

3

三浦从桌子抽屉里拿出列车时刻表，追问这五个人："关于川岛史郎一事，大家能确认他是和你们一起乘坐了'夕鹤7号'列车吗？"

片冈回答道："我们就像修学旅行时那样，直到晚上11点熄灯时还在聊天。"

"当时川岛君也在吗？"

阳子答道："在。他也和我聊了许多。"

"还记得当时说的什么吗？"

"他拼命地向我解释说运输公司怎么赚钱，还说虽然他现在只有五辆卡车，但今年他要让人看到他的汽车数量将增加一倍。"

片冈在一边笑着说道："他是对你有意思了。"

"什么呀？"

"男人们见到你，谁都会表现一下自己的。"

经片冈这么一说，阳子"扑哧"一声高兴地笑出声来。

三浦又问道："另外还有谁在列车上和他说过话？"

"还有我。"町田答道。

"他和你说什么了？"

"也是关于运输业的事。他说运输业现在很景气，为此我托他，如果我在经济上有困难就去他那里干活儿。"

"别的呢？"

町田笑着说道："我们还谈论了女人。他说非常喜欢干那种行业的女人。"

"说起来，还有一位酒吧的老板娘来为他送行呢。"宫本说道。

"记得那个女人的姓名吗？"

"没问姓名，只听说是新宿一家酒吧的老板娘，我也没特意去打听。"

"嗯，还是回到列车上吧。是夜间 11 点熄的灯吧？"

宫本代表其他人回答道："对。'夕鹤 7 号'列车在夜间 11 点整熄灯。"

"根据时刻表看，列车在夜间 11 点以后最先停车的站是水户，11 点 27 分到，停车几分钟。有人在水户站看到川岛君下车了吗？”

“我和他一起下车了。”町田说道。

“下车了？”

“仅仅是下到站台上。我马上又回到了列车上，他留在站台上吸烟。”

“之后呢？”

“我回到了自己的铺上，我以为川岛君在发车时肯定会回来。”

“但是没有回来？”

“这我就不知道了。我们两人正巧是上下铺，列车开出水户站后，他铺位的帘子开着，但没见到他的人影。我以为他去厕所了，也就没在意，根本没想过他会在途中下车。再以后我也睡觉了。”

“再次发现川岛君不在是什么时候？”

“将近 4 点。我睡醒一觉准备去厕所，打开帘子后，发现下面川岛铺位的帘子仍然开着，却不见川岛的身影。”

“你当时觉得出什么事了？”

“当时并没觉得是出什么事，只认为他大概是去厕所了。”

“想到事情可疑是在……”

“我去厕所回来后发现他还没回来，这才担心起来，于是叫起了我们的召集人——宫本君，把这件事告诉了他。”

三浦把视线转向宫本问道：“宫本君记得当时的时间吗？”

"记得。我被町田君叫起来时，看了手表，是 3 点 50 分左右，这是没错的。他一说川岛君不见了，我就跟他一起找。我已经说过，我们没有找遍所有的车厢，只是找了一等卧铺车厢及与下节车厢相连的盥洗间。"

"在那里也没发现他，对吧？"

"是的。"

"当时你是怎么想的？想到他是在途中下车了吗？"

宫本冷静地回答道："没有，因为他没有理由在中途下车，况且他的手提包还在铺上。川岛君在高中时就是冒失鬼，这次又喝了自己带的小瓶威士忌。当时我想，他会不会钻进别的车厢的空铺位睡觉了。我们坐的一等卧铺车厢只一头有厕所，有时也有人去下一节车厢上厕所，所以我认为他很有可能是搞错了，钻进了别的车厢的卧铺里。"

"就这么一直等到早晨吗？"

"是的，我想不便在其他乘客都睡觉的时候打开人家铺位的帘子去逐一确认。再说，到了早晨，川岛君头脑清醒后自然就回来了。可是一直等到列车到达青森他也没有露面，于是我就拜托列车员找遍全部车厢，仍没有他的影子，这才考虑他是不是在途中下车了。"宫本说完后轻轻摇了摇头，大概还是不相信川岛会在途中下车。

在三浦的头脑中，已将上野站的杀人案与川岛史郎的失踪联系在一起。他还不了解川岛是什么样的人，目前所知道的仅是他和这五个人一样，也是从青森的高中毕业以后进了京，现年二十四岁，经营着一家运输公司。

会不会是这个川岛史郎在上野站杀死了自己的朋友安田章？也许他杀死安田后，装作若无其事的样子，同其他五人一起坐上了"夕鹤7号"列车，但是想到一旦安田章的尸体被发现，警方必然要将通缉令发到青森，便感到了恐惧，于是在途中下车逃跑了。这样考虑对吗？

4

4月3日早晨。

"我已经和青森县警察本部联系过了。"十津川扫视了一下部下说道，"正如被害者安田章的信上所说的那样，七年前从青森县立 F 高中毕业后进京的男女七人决定在4月1日乘坐'夕鹤7号'列车回老家青森，安田章便是其中之一。不过，他被杀害了。另外还发生了一个奇怪的事，乘上车的六人当中，一名叫川岛史郎的人忽然从列车上消失了。"

日下抬起头问十津川："是否可以考虑此人就是凶手，他在中途下车逃跑了？"

"青森县警方认为这个可能性很大。"

"那就把他当作凶手进行调查行吗？"

"为此，首先要有他的照片。川岛史郎在调布市经营了一家运输公司。据说有五辆卡车。"

"二十四岁就当上经理了。"

"好像是。因为住址也在同一地点，所以他多半就是住在公司里。"

"我们马上去。"

日下催促着年轻的樱井，飞快地走出了房间。

这两个人还没有回信儿，龟井却先露面了。他郑重其事地向十津川报告说："从本日起，我被派到这里参加侦破工作。"

十津川笑着问道："你朋友托你的事办了吗？"

"我朋友说要沉下心来慢慢找。这不，好歹算知道了，她在东京的某处生活。"

"他要找的是从青森的高中毕业的姑娘吧？"

"就是我毕业的那所高中的一位后辈，她叫松木纪子，今年二十二岁。"

"在东京犯过案吗？"

"据调查有前科，我想她可能就是为此才销声匿迹不与老家联系的。"

"她有前科？"

"被男人欺骗后在盛怒之下犯的罪，被判处缓刑，我倒不认为是件非常严重的事。"龟井接着问道，"这次案件牵扯到的也是青森人吧？"

"是的。这次牵扯到的男女七人都是二十四岁，嫌疑犯或许就在他们之中。"

十津川向龟井说明了目前的情况。

"那么川岛史郎有可能是凶手吗？"

"如果根据现有线索分析的话，他很有可能，但至今不知道其动机。我们现在掌握的情况，仅仅知道：七年前青森县立 F 高中有男女七名好友，他们毕业后进京，当时决定七年后一起回老家青森，然而就在约定回乡的这一天，其中一人在上野站被害，另一人从'夕鹤 7 号'列车上忽然消失了。就这些。"

"也许是进京后的七年之中，他们之间发生过什么事吧？正值青春，即使发生什么事也不奇怪呀。"

"你是说曾经发生过伤害案件？"

"是的。"龟井点了点头。

这时候，日下和樱井回来了。

日下先打了个招呼："喂！龟井君！"然后对他笑了笑，把五张照片并排摆在十津川面前。

五张照片都是同一个人。

十津川问道："这就是川岛史郎吗？"

"是的，另外还有几张，我只挑了这几张比较清楚的正面和侧面的照片。"

"马上进行复制！"

"那个川岛运输公司怎么样？"十津川把照片交给其他警察

后又转向日下。

"那真是所见非所闻。"

"言过其实了?"十津川笑了。

"他才二十四岁就有五辆卡车,一般人都会想象他是那种常见的青年实业家。实际上只不过是在空场里摆了三辆半新不旧的卡车,在空场的一角盖了间三十来平方米的临时建筑作为工房,这就是所谓的川岛运输公司。"

"土地呢?"

"当然是借的,三辆卡车的贷款至今尚未付清。用他们同行的话来说,川岛的运输公司眼看就要破产了。"

"他们对川岛史郎这个人的评价如何?"

"一半一半。"

"怎么个一半一半?"

"有人说他年纪轻轻干得不错,也有人说他只会哗众取宠,不讲信誉。两个极端。"

"哪个是真的?"

"好像都是真的。他口才很好,工作也很努力,但自命不凡,而且又搞女人又赌博,经营上也很随便,就像刚才所说的,确实濒于破产。"

"他才二十四岁,即使破产了也还有机会重新起来的。"十津川这样说着,心里却在想,如果是他杀了人的话,那就什么事情也干不成了。

根据青森方面的报告，川岛史郎好像是在"夕鹤7号"列车到达水户站时下的车。十津川问龟井："龟井君，同是青森人，你是怎么看的？去水户站查问过吗？"

"青森县警方已通过青森站问过水户站了。"

"川岛史郎下车了？"

"水户站的一名工作人员记得，他拿的是'夕鹤7号'的车票。"

"这就肯定没错了。关键是他从水户站下车后到底去了什么地方。龟井君，你同是青森人，这又怎么考虑呢？"

"问题是川岛史郎是否在上野站杀了安田章。"

"如果他是凶手呢？"

"可以有两种考虑：他或是去了老家青森，或是返回居住了七年的东京。"

"你考虑会是其中哪一种？"

"他父母还在青森吗？"

"好像还在。"

"要是我的话，我就回青森。日下君说过，他在东京经营的运输公司濒于破产，这样的话，公司也就没有任何价值了。"

"那么，你和日下立即去水户站，追查川岛史郎的行踪。"

5

川岛史郎的照片一复制出来，龟井和日下拿了三十张装进口袋，便奔向上野站。

白天从上野站至青森的特快列车虽然有好几趟，但同"夕鹤"号列车一样走常磐线的却只有"陆奥号"列车。如果只到水户站的话，每日早晨的几趟"日出号"特快列车也走常磐线。

龟井和日下到达上野站时是下午 2 点 20 分，正好能赶上 2 点 48 分发车的下行"陆奥号"列车。这趟车每天只有上下行各一趟，为十三节车厢编组，其中前三节是自由席车厢。他们就在第三节车厢里并肩坐下。

龟井坐在窗边，点上一支烟，眺望窗外飞逝而过的东京风光。如果就这样坐着不在水户下车的话，九小时后，列车就可以把他带回青森了。大概是怀念东北风土的缘故，在东京生活的时间越长，就越增加他对故乡的眷恋之情。

从附近的座席上传来一对青年男女的对话声，也是令人怀念的东北口音。

"肚子里孩子的事说了没有？

"家父是老顽固，最好还是等一段时间再说。"

"可是到下个月，不就让人看出来了？"

"难办啊！"

龟井也想试着用东北口音讲几句话，原以为这种口音是绝对忘不掉的，可是却一句也讲不出来，他狼狈地翕动了一下嘴唇。在东京他老是试图讲标准的东京话，然而周围的人总是说他的话里夹有东北口音，而今天严重到把东北话也忘光了，他似乎变成了没有"国籍"的人了。

"去哪疙瘩"，他终于想起一句青森话，不由得暗暗松了口气，又"咯咯"地笑了起来。

日下见状瞟了一眼龟井问道："龟井君，您想起什么来了？"

"我是为能再次确认自己还是个东北人而感到高兴。"

日下失望地说道："我真不明白，即使再次确认我是东京人，那也没什么可高兴的。"

日下算不上自古以来就住在东京的江户人，但又不曾住在东京以外，所以他的故乡观念是模糊的，最近常听说"故乡东京"这样一个词，对此日下怎么也接受不了。

铁路的左边是旧的国家 6 号公路，列车与之并行前进。下午 4 点 09 分，下行的"陆奥号"列车正点缓缓地驶入水户站。水户是国铁水户管理局所在地，宽敞的调车场里待发的机车、客车、货车排了一大串。

虽然正值阳春，又是星期日，但在这个站下车的旅客却格外少，大概是赏樱花的季节已过的缘故。水户站的站房是座二层楼，二楼是旅游品商店。

龟井和日下在一楼的站长室里，会见了两天前夜里在检票口值班的工作人员，他叫真田，四十五六岁，个子不高。

"要是那位旅客的话，我记得太清楚了。"真田一边说一边推了推眼镜。

"你肯定他拿的是'夕鹤7号'列车的车票在途中下车的吗？"龟井紧盯着他问道。

站长担心地看看自己的下属，真田却十分肯定地回答："没错。那位旅客说，要在中途下车，便拿出了车票，我是看过车票后，才给他剪的票。肯定是'夕鹤7号'列车的车票。"

日下问道："你记得那位旅客的长相吗？"

"记得。他戴着太阳镜，所以看不清楚面部，反正是个二十五六岁的年轻人。"

"身高多少？"

"挺高的，有一米七五左右吧。"

"服装呢？"

"穿着西服，上衣是有点儿花哨的格纹的。"

"没带什么东西吗？"

"对，是空着手。因为他拿着到青森的车票却没带任何行李，这才使我感到奇怪，所以我记住了这件事。"

"'夕鹤7号'列车上再没有其他旅客下车吗？"

"那趟车就下了他一个人。'夕鹤7号'列车是卧铺专列，没人在从上野到水户这么短的距离内特意乘这趟车。"

"会不会有人为赶在夜里到达，特意乘这趟车呢？"

日下一问，真田马上把头一摇："不会的。从上野站始发到水户的特快列车'常磐19号'夜间11点17分到达水户站，比'夕鹤7号'还早到十分钟呢。"

日下点了点头："确实乘'常磐19号'更好。那趟车到水户是终点，下车的旅客一定很多吧？"

"是的，总是有二三百名旅客下车。"

"这么说，从'夕鹤7号'列车下车的旅客只有一位，他戴着太阳镜，拿着到青森的车票，有二十五六岁，对吗？"

这个问题很关键，所以龟井再次追问了一遍。

"是的，途中下车的只有他一位旅客。"

"是这个人吗？"

龟井拿出带来的川岛史郎的照片让对方辨认。

真田仔细地看过照片后说道："说不好，因为他戴了一副很大的太阳镜，而且是侧着脸……"

不让人看清脸，恐怕就是因为他在上野站杀害了安田章。

两人谢过真田，走出了检票口。站前是一片广场，停放着许多公共汽车和出租车。按说"夕鹤7号"到达水户站是在半夜11点27分，此时的末班公共汽车已经停驶了，要从这里乘车去什么地方，只能叫出租车。龟井两人给出租车停车场的司机们看川岛的照片，逐一询问起前天夜里11点过后，此人是否搭过车。

当询问到第八位司机时，他说道："这个人身高一米七五左右，戴着太阳镜，上穿花哨的格纹西服，对不对？他在前天夜里坐我的车了。"

6

这是一名年仅二十七八岁的年轻司机。

龟井瞪大了眼睛问道："是什么时间？"

司机一边吸着烟一边回答："夜里 11 点 30 分左右。"

"他到哪里？"

"说是到结城①。"

"是那个以生产丝绸闻名的结城吗？"

"对，那里的丝绸就是结城那一带的农家织出来的。"

"把我们也带到那里行吗？"

"只要付钱。说去哪儿吧。"

司机把烟头弹了出去，打开车门，龟井和日下刚一坐进去，出租车就猛地加速跑起来。

汽车飞快地行驶在从站前向西北延伸的一条大路上。司机告诉他们："这就是 50 号国道。"

---

① 结城，位于日本茨城县西部的城市。

"这条路可以到结城吗？"

"是的。"

"终点是哪里？"

"是东北干线的小山站。"

汽车穿过笠间市、下馆市，来到了横跨鬼怒川 ① 的大桥桥头，司机突然刹住汽车。

"就是这里。"

"不是还没有进入结城市区吗？"

"是的，不过，前天夜里那位客人就是让我在这里停的车。"

"在大桥前？"

"是的。"

"可这里什么也没有啊。"

"是啊。"

"前天夜里到达这儿，已经过了 0 点了吧？"

"0 点 40 分左右。"

"但他还是在这儿下了车？"

"是的，我还以为他去附近的农家有事呢。"

龟井催促日下："我们也下车吧！"

两人下了车，出租车掉转车头向水户方向飞速驶去。龟井

① 鬼怒川，日本一条流经关东地方（本州岛中部以东京、横滨为中心的地区）北部栃木县和茨城县的河川，因经常发生洪灾而得名。

和日下站在桥头环顾四周，眼下的鬼怒川在夕阳的照耀下，水面泛着银光奔流而去。前天夜里川岛史郎到这里时是半夜，江面上恐怕是一片漆黑，他为什么要在这个地方下车呢？

日下望着江面，半真半假地对龟井说道："他是准备跳进鬼怒川寻死吧？"

"不知道，真不明白他为什么说去结城，却突然又在这里下车。"

"既然来了，就下去看看吧。"日下说道。

两人下到河滩上。虽说已是4月上旬，但傍晚从江面上刮来的风还是凉飕飕的。龟井长长地吐了一口气。

鬼怒川的水流相当急。

"怎么办？"日下点上一支烟，看着龟井问道。

"有可能是投江自杀了。除了委托县警来搜查这一带以外，再也没有别的办法了。"

"如果真能发现川岛史郎自杀的尸体，也算了结了一桩案子。"

两人回到公路上，拦住一辆去水户的卡车，回到水户市时，已是晚上7点多了。他俩马上拜访了县警察本部，请求给予协助。日下将川岛史郎的照片交给搜查一课课长，并向他介绍了案情。这期间，龟井借电话和十津川取得了联系。

龟井对十津川说道："据说前天夜里从'夕鹤7号'列车下来的旅客只有一人，我认为大体上可以肯定他就是川岛史郎。"

“川岛对出租车司机说是要去结城？”

“是的。”

“也许结城市里有什么事情令川岛怀念吧？”

“要是这么看来，他更有可能是川岛了。”龟井说道，“据说他穿的是茶色的格纹西服。”

“有关川岛的服装，青森县警方已和我们联系过了。他们也说川岛穿的是茶色格纹西服。”

“是吗？！”

“茨城县警方搜查过这个男人下车的地方吗？”

“他们说明天早晨开始搜查。我想和日下君待在这里，直到案子有眉目为止。”

“可以。最好是能找到川岛史郎，让他自己供认出在上野站杀了人。”

“日下君考虑川岛会不会已经自杀了。”

“你怎么看？”

“据日下君说，川岛在事业上并不顺利，如果再杀害了朋友，会有种走投无路的感觉，所以可以充分考虑他可能去自杀。”

“不过谁都会想活下去啊。”

“我也有同感。他好歹也是我们青森人嘛。”从心里讲，龟井不认为川岛史郎是那么坏的人。

龟井当然没有见过这位叫川岛史郎的男青年。不过他年仅二十四岁就已挂上经理的头衔，为此而扬扬得意地去玩女人、赌博，致使自己的公司濒于破产，给人的印象颇为不佳。一言以蔽之，他太自以为是了。一般只要提到东北的青森人，人们都认为他们忧郁、愚笨、忍耐力强，但实际上并非如此，许多青森人都是格外开朗，而且招人喜欢。真想不出川岛史郎属于哪种类型的人。

难道时隔七年后接到朋友的来信便积极参加旅行，不是他人缘好的证据？让酒吧的女人来送行并引以为豪，似乎也表现出他很可爱。这样的男人，为什么要杀害自己的朋友呢？

龟井心里琢磨，川岛在上野杀人，难道是目前常发生的图财害命？可如果是这样的话，川岛史郎的奇怪行动又该如何解释呢？

第二天——4月4日早晨，大规模的搜查开始了，茨城县警察本部出动了五辆警车和二十名警察，每位警察都带有一张川岛的照片。搜查的重点区域有两个，其一是鬼怒川的沿江一带，其二是结城市，因为川岛曾对出租车司机提到过结城。

整整一上午过去了，搜查工作没有任何收获。出租车司机曾证明，川岛在鬼怒川下车的时间是0点40分左右。这里和大城市不同，没有丰富的夜生活，想寻找半夜里的目击者简直不可能。

午饭是由饭馆送来的盒饭，每人一盒。龟井和日下在鬼怒川的江堤上坐下，吃起各自的盒饭。

春日的阳光强烈地照射下来，有些晃眼。江边有的人正在钓鱼，河滩上有一群孩子在玩耍，学校还在放假呢。

"今天是星期一吧？"日下小声地问道。这句话既可以理解为他因忙于工作而忘记了是星期几，也可以理解为日下为上野杀人案已过去三天而感到失望。

龟井此时正在想着他的朋友森下，这家伙恐怕已经找到他的学生松木纪子了吧！他一边想着，一边把视线慢慢地从江面的左边移向右边。

江面上可以看出有浅滩，也有深渊。在深渊附近，江水呈现出深蓝色，水流变急，卷起一个个旋涡。在龟井的老家也有一条江，江中也有深渊。童年时大人告诉他说，江中住着江神，那是一只巨大的鲤鱼，人只要掉到深渊里就会被江神拉入深深的江底。对此他曾深信不疑。奇怪的是，自己如今已是成年人，但一看到这深蓝色的深渊，不知为什么仍有一种恐惧感。

龟井琢磨着，这深渊恐怕有五六米深吧。就在这时，他突然发现一个离奇的东西在水中舞动着，就好像江神浮现出来，他惊讶地倒吸了一口凉气。河滩上正在玩耍的人们也注意到了这东西，开始骚动起来。

龟井大叫一声："是人！"

两人跑下江堤。从江底漂浮上来的人身体好像是在扭动，突然被卷入激流之中，向下游漂去。龟井和日下顺着江边向下游跑去，眼睛紧盯着江面上时隐时现、漂流而去的人体。这是一位身穿西服的青年男人，在漂了约有五六十米后，人体碰到了浅滩终于停住了，趴在浅滩上一动不动，有一半身体还浸在水中。他们两人穿着鞋就"哗啦哗啦"地跑进江中。

人们已经聚集在岸边。两人把吸足了水分的男人那沉重的身体仰面朝天地拉到岸上，龟井失望地说道：

"他就是川岛史郎。"

7

尽管这本在预料之中，但目睹川岛的尸体，龟井的心情还是顿时变得黯然起来，心想他到底还是死了。

他才二十四岁啊！早知现在，当初何必要从青森进京呢？

在日下去联系当地警方期间，龟井在尸体旁蹲下。江水浸湿了他的大腿，但他根本没有在意。尸体由于浮浮沉沉，又经过激流的冲刷，西服已被掀了上去，裤子也褪了下来。龟井检查了死者的西服，从内口袋里找到一个钱包，在外口袋里找出一个对折的信封及一张车票，车票和纸由于长时间浸泡在水中，几乎一触就可成为碎片。

龟井小心翼翼地将车票和信托在掌上，在江岸上找到一块平滑的石头，把它们摊在上面。放好之后，他首先看看车票。没错，是"夕鹤7号"列车的车票，还可以看出"4月1日21点53分发""一等卧铺"等字样。而且，由于中途在水户站下车，车票上已经剪了口。

江堤上驶来两三辆警车，县警察本部的警察们呼啦一下子从江堤上下来，在尸体周围拦上绳子。

尸体似乎没有外伤。当然，由于尚未将尸体的衣服全脱光检查，是否有外伤还不好确定，而且真正的死因只能在做解剖后方可确定。鉴定人员不停地为尸体拍照。

龟井和日下在晾晒信和车票的石头旁边坐下。

"案件以凶手的自杀而告终。"日下耸了耸肩说道。

龟井说道："我想此案并没有完。"

信已经晾干了。可以看出，收信人一栏上写着"川岛史郎收"，寄信人的姓名是"宫本孝"。尽管信封已经破损，龟井还是很小心地从中抽出信笺，谨慎地将它打开。墨迹已经被水泡得模糊了，但还没到无法辨认的程度。

　　遵循七年前的约定，寄上此信和卧铺车票。谨用大家七年间储蓄的旅费去归省旅行。

　　日期为 4 月 1 日（星期五），乘坐晚 9 点 53 分由上野站发出的"夕鹤 7 号"列车回故乡青森。我考虑这样最为方便，擅自制订了去青森的四天三晚的旅行计划，同信寄上"夕鹤 7 号"列车的一等卧铺车票，请务必参加。

　　喜知你二十四岁这么年轻就当上了运输公司经理，

向你表示祝贺。如4月1日能在上野站再次见到你，朋友们会感到不胜愉快。大家分别在各行各业里均干得不错。务请拨冗参加。

青森F高中　七人小组　宫本孝

这封信虽与安田章手中的信在内容上略有不同，但笔迹完全一样。

日下赞许地说道："这位宫本君还挺认真啊。"

"怎么说？"

"要是我的话，就把信复印几份寄出去就行了。一个人一个人地分别写信多麻烦，我才不干呢！"

"也许宫本有文才。况且这是时隔七年才和大家联系，能不费心吗？"

"如果川岛是凶手的话，会不会是他接到信和车票后，才起的杀害安田章之心呢？"

"我也在考虑这个问题。这封信上的邮戳是3月26日的，与安田章拿的那封信邮戳日期相同。如果是次日被送达的话，川岛和安田就应当是在3月27日接到的信和车票。"

"就是说，是在由上野站出发前的第五天，这件事很重要吗？"

"如果川岛以前就憎恨安田，为什么不在这五天的时间里杀死他呢？"

"会不会是进京后大家就各奔前程，虽然都生活在东京这个大城市里，川岛想杀死安田，但却不知道安田的住址？所以才等到了在上野站会面的时候。也或许是接到这封信时，川岛并无杀害安田之意，但在上野站会面时，两人为某事争吵起来，他一怒之下才把安田杀死。"

"如果是后一种情况，应当注意到，酒吧的老板娘曾来上野站为川岛送行。如果她一直同川岛在一起的话，川岛就没有机会杀死安田章。"

"也许那个女的就是同谋，她来的目的就是为川岛制造不在现场证明。"

对于日下的观点，龟井笑了。"暂时不会存在这种可能性，她应当告诉我们事实。"

"你为什么说得这么绝对？"

"如果她是同谋，川岛就没必要死在这里了。因为两人统一口径，都咬定不在犯罪现场是完全可以的嘛。"

在两人谈话期间，川岛史郎的尸体被送往大学医院进行解剖。要想得知解剖结果，最早也要等到明天早晨。于是，龟井和日下决定先回东京。

他们乘坐"日出 16 号"列车到达上野站时，已是傍晚 6 点 20 分了。

"辛苦了！"十津川迎接两人后，对龟井说道，"我已派樱井和中山两人去找那位酒吧的老板娘。"

"有线索了吗？"

"只知道酒吧在新宿。我们跟青森县警察本部联系了，请他们了解一下那位老板娘的长相，我想会找到她的。"

"我干什么好呢？去青森会见宫本等五人了解一下情况？"

"早晚得让你回青森。不过，你先马上去池袋警察署。"

"池袋署？难道那边又发生了什么有关案件？"龟井露出非常吃惊的表情。

"不是有位从青森来拜访你的人吗？他叫森下吧？"

"对，难道是森下……"

"刚才池袋署来电话，他们说逮捕了一个名叫森下的男人，他再三要求见见你。"

"森下这家伙干了什么事？"

"据说暴力伤害，而且听说被殴打的一方已经起诉了。"

"为什么要干这种事！"龟井咂嘴道。

十津川笑了。"大概是血气方刚吧。总之，你先去见见面吧。"

"可我是这个案件……"

"在得知川岛史郎的尸体解剖结果之前，案件不会有进展的。另外，酒吧的老板娘一事由樱井来负责，你就放心吧，先见见面再说。"

第六章

津轻谣

津軽あいや節

1

　　龟井感到莫名其妙，尽管同森下是时隔二十年才见面，但他认为高中时代的性格不会那么容易改变。森下是位正义感很强的人，绝不会随便吵架，记得当年他就最厌恶吵架。况且，他如今当了高中教师，虽不是把教师当作圣职，但即使发生什么事，也让人无法想象会是暴力伤害案。

　　到达池袋警察署，龟井马上会见了负责本案的年轻刑警藤田。

　　"您到底来了，太感谢了！"藤田的脸上露出松了一口气的表情。

　　"森下现在干什么呢？"

　　"正吃盖浇饭呢！我审讯过他，可一到重要地方，他就突然变成东北口音，而且说得非常快，我是一点儿也听不懂。"

　　"你是哪里人？"

　　"东京人。"

　　"那当然听不懂了。让我见见森下行吗？"

　　"行。请，请。"

　　藤田将龟井领进二楼一个房间里，森下正在屋里坐立不安地吃着盖浇饭，一见到龟井，他就龇着牙笑了。

　　"你来了！"

　　龟井在森下身旁坐下问道："究竟发生了什么事？"

　　森下兴奋地说道："我在池袋的一家酒吧里，终于找到了那家伙！"

　　"找到了？是松木纪子吗？"

　　"不是。要是那样的话，我就是采取强制手段也要把她带回青森。我找到的是她刺伤的那名酒保！"

　　"西山吗？"

　　"对。我好不容易才找到那家伙。一开始我请求他，如果知道松木纪子在什么地方就告诉我，我还给他鞠了躬。"

　　"那怎么变成暴力伤害了？"

　　"谁知我说完话后西山那小子冲我说：'就是因为她我才住了好几个月的医院，你们要是知己的话，就赔偿我的损失！'不仅如此，他又开始骂她，说她是色情狂、水性杨花的女人，等等，我就是因为他骂了我的学生才发怒的。"

　　"为此打了他？"

　　"等到我想压住火时，我都已经把他揍扁了。"森下用一双有力的大手挠着头，接着说道，"如今我该怎么办呢？"

　　"如果是一般的打架斗殴倒可以马上释放，不过要是对方已经起诉，那就稍微有点儿麻烦了。"

"我不能待在这个地方，必须继续找松木纪子！"

"镇静一点儿！我去给你想点儿办法。"龟井安慰着想要站起来的森下。

"不要紧吧？"

"如果能见到西山，让他撤诉就好办了。再有，你是说西山知道松木纪子的现住址吧？"

"啊，反正我没有问出来。"

"你在这里等着。"

龟井轻轻拍了拍森下的肩膀，然后走出房间。

龟井再次找到藤田。藤田问道："怎么样？"

"我已经问过案情了。森下殴打的人是叫西山吧？"

藤田一边看着笔记本一边回答："西山英司，三十五岁。"

"到什么地方能见到他？"

"K急救医院，是救护车送去的。"

"住院了？"

"据说伤不重，有一个星期左右就能痊愈。"

"能查一下西山英司是否有前科吗？"

"他干什么了？"

"请无论如何给查一下，我在这里等着。"

龟井在一张空椅子上坐下，点燃一支烟。

过了五六分钟，藤田招呼龟井说道："了解到了，他有两次前科，二十三岁时曾因伤害罪被判刑十个月，后来又在三十岁时因诈骗被判刑一年。"

"谢谢!"龟井说道。拿到这些材料足以"交易"了。他打听好西山所住的 K 医院的具体地址后，便走出池袋警察署，沿着夜间的大街直奔 K 医院。

池袋同新宿、涩谷一样，是属于年轻人的地盘，到处可见年轻人穿来穿去，而成了家的中年人则显得有些拘谨。龟井一边走一边想，也许在这些年轻人中就有东北人，说不定其中还有青森出生的人呢。

K 医院已经关门，龟井从挂着"职工入口处"牌子的一扇小门进了医院，向值夜班的护士出示了警察证件后问道："今天送来了一名叫西山的受伤男子吧？"

护士机械地回答："他在三楼 302 房间。"

"我想见见他问点儿事，行吗？"

"还没有熄灯，病人应当没睡觉，请吧，楼梯在走廊尽头。"

"谢谢。"

龟井沿着走廊走到尽头，登上带有防滑条的楼梯。三楼好像全是病房，走廊里一位中年男子正抱着角落里的红色电话机在打电话。大概是在跟很远的地方通电话，所以他不紧不慢地一边往电话机箱里投入十日元的硬币，一边说道："我不要紧，没什么事，请放心。"

那口音正是令龟井怀念的东北乡音，而且好像是弘前一带的。从他头上包头的绷带来看，大概是出来做短工而发生了事故。

302 房间里住着两名病人，其中一位二十五六岁的年轻人正在看微型电视，西山则孤独地在一旁抽着烟。诚然，谁也不能否认这是一名带着落魄感的美男子。

"有什么事吗？！"得知龟井是警察后，西山突然露出凶狠的目光。

"听说你告了森下？"

"难道不应当吗？他不就是高中老师吗，难道老师就可以施行暴力？这样的暴力老师，应当投到监狱里去！"

"你曾因伤害罪被关过监狱吧？"

龟井一说，西山的脸色变得煞白。"那全是过去的事。"

"是的。那么你认识松木纪子吗？"

"啊，我就是被这臭娘们儿刺伤后才开始倒运的，干什么也不顺当。"

西山咂了咂嘴。

"对你这样的色鬼来说，被女人刺伤，不正是一枚勋章吗？"

"算了吧！"

"她现在在哪里？"

"不知道。"

"你是说，那件事以后，你们一次也没有见过面吗？"

"是啊。"

"不，你撒谎。"

"怎么？"

"从你的长相可以看出，你是属于黏液质气质的人，报复心是相当强的。况且，你是被一位二十二岁的年轻姑娘刺伤的，你认为这是有损男人体面的事，自然不会放过她的。是不是？"

龟井自信很了解像西山这样的男子，这种人虽然没什么本事，但却极其冷酷，属于黏液质气质，会像蛇一样缠人。如果你认为他不过是个没什么本事的色鬼，轻视他，一定会受到这种人极其阴险的残忍报复。依据他的性格，如果他挨了打，他并不会急于回敬，而是会耐心等待复仇的机会。

"你找了她，而且找到了，对吧？"龟井紧盯着对方的脸。

西山听完后厌烦地咂咂嘴，反问道："那又怎么样？"

"你马上告诉森下！他是担心松木纪子出事才特意来东京的。"

西山听了龟井的话后，不知为什么突然"咯咯"地笑出声来。

龟井皱起眉头问道："有什么可笑的吗？"

"警察先生是位老好人吧？"

"怎么了？"

"他是挂念过去教过的学生而进京来寻找的优秀的高中教师吗？"

"你怀疑他吗？"

"当然了。"

"什么地方可疑？"

"是那个老师这么对您说的吧？"

"啊，是的。"

"您完全相信了？"

"不应当相信吗？"

"这对警察先生就太不利了，那个老师是个人面兽心的家伙！"

"什么？"

"他只不过没有在您的面前暴露出他那张可怕的嘴脸而已。警察先生，请问您知道松木纪子为什么会变成那样吗？"

"因为迷恋了像你这样的男人！"

"我见到她的时候她正怀着孕呢！"

"嗯？"

"当然不是我使她怀的孕，使她怀孕的人是她高中时的老师！这个男人进京来找她，说要调查一下学生毕业后在东京怎样生活。当时纪子也太幼稚，一听说老师特意来拜访，高兴得不得了，把他带到自己的公寓，准备了饭菜。谁想那位老师突然就成了一只恶狼向她扑去，她完全吓傻了。就这样她怀了孕，而那位回到乡下去的老师却佯装不知此事。我想，他大概是害怕自己的家庭遭到破坏吧。是我给松木纪子出的手术费打的胎，从此我成了她的好朋友。让我说的话，事情太可笑了，在她生死未卜的最痛苦的时刻，一个关心纪子的人都没有！"

"胡说！"龟井不由得怒吼一声，一把抓住西山的衣服领子。

西山一边痛苦地喘着气，一边说道："要杀就杀，可我刚才说的都是事实！"

"谁告诉你的！"

"当然是松木纪子，是她亲口对我说的，一边说还一边哭呢！如果认为我在说谎，您可以去问问那位搞鬼的老师！"

龟井抑制住自己的感情问道："松木纪子现在到底在什么地方？"

"她不会去见那位老师的。"

"我要直接问问她这件事！她在什么地方？"

"我见到她时，她是在浅草的一家餐馆里干活儿，餐馆的店名叫'津轻'。"

"你见到她时你干了些什么？"

"什么也没干。但我们毕竟曾是情人，好久不见了，我问候问候她。"

"仅是问候？"龟井苦笑一声。他认为西山执意寻找刺伤自己的人，一旦找到了对方，绝不会只是问候问候就善罢甘休的。

"是不是勒索了钱财？如果是那样，就给你定个敲诈勒索罪！"

龟井瞪了西山一眼，西山的脸都变形了，慌忙说道："我绝对没有，不信您可以去问她！"

"我当然要问！另外，你还是准备告森下吗？"

"我懂了，咱们私了吧。"西山很干脆地表示了同意，大概他的目的本来就只是要钱。

2

龟井走出医院，夜已经很深了，他在路上叫了一辆出租车直奔浅草。

此时的龟井已经变得无精打采，西山的话如同一根尖尖的刺刺痛着他。他本以为很了解森下，高中时的森下虽有些迟钝，但是个很可敬的人。尽管多年未见，但森下同当年相比，似乎并没有什么变化。也许是龟井自己在东京生活惯了的缘故，看森下反而觉得更加质朴，说森下曾同他教过的学生发生性关系并使对方怀了孕，怎么能叫人相信呢？

龟井试图告诉自己，西山一定是在说谎，他觉得自己哪怕有一点点怀疑森下的想法都对不起森下。

但是，那蹊跷的事情涌上他的心头后就怎么也挥不去了。像西山那样的人是不会在乎撒谎的，为了自己的利益他们可以出卖亲人。可是从他口中说出的森下的事，不知为什么却使龟井感觉是真的。

森下是位出色的男人，作为教师尽管对学生很严厉，但更多的还是用爱护之情去对待他们。龟井认为，森下得知自己教过的学生在东京行踪不明，特意前来寻找，这正表现出一种高尚的教师的爱。

可是冷静地思考一下，森下的行为确实有一些不自然之处。虽然她是过去的学生，可松木纪子也已经满二十二岁了。她完全变成了成年人，即使隐蔽行踪也完全是她自己的选择，应当尊重她本人的意愿啊！如果这样考虑，森下的行为的确有些异常。

难道他们之间的关系要比师生关系更深，所以森下才特意进京来的吗？难道真是如西山所说，他是带着一种赎罪的心情吗？

"是这样吗？"龟井正百思不得其解时，出租车已来到了浅草。

"总而言之，先见到松木纪子问问情况吧！"龟井下了决心。

"津轻"风味饭馆位于从田原町地铁车站步行大约七八分钟的地方。龟井下了车，朝着国际剧场方向走去。当他走到仁丹塔附近时，听到一阵津轻民谣的歌声，所以很快便找到了这家餐馆。

这首歌叫《津轻啊咿呀曲》，曾经是他最喜欢哼哼的一首民歌，至今他仍能清楚地记得这首民歌的开头：

啊咿呀啊……
歌声哟在飞扬。

津轻的民歌是多么动听，

它能压倒流行的小调。

公鸡哟不要叫，

因为尚未天亮。

太阳要是出来哟，

寺院里的钟声便会鸣响，

它比鸡叫更加响亮。

······

这首在津轻三弦琴和小鼓伴奏下唱出来的民歌，乍一听是相当热闹，但龟井听到这首歌时，不知为什么脑海中却浮现出冬天里津轻荒凉的大海。

龟井从孩提起就喜欢津轻。那灰灰的天空，露出白色獠牙的大海，以及与其说是下不如说是刮来的纷纷雪花……如果是在这种景致之中，听到津轻三弦琴声和高亢的《津轻啊咿呀曲》，人们会想到这才是津轻。

龟井推开玻璃门走进店里。这家餐馆真是名副其实，连装饰都带有地方色彩。屋子的正中央安了一个大炉子，客人们围在火炉周围，一边喝着东北的地方酒，一边品尝着风味菜肴。屋里的墙上吊着蓑衣斗笠，还悬挂着一幅津轻的风景画。虽然这些都是人为的津轻色彩，客人们却很满足，大家兴高采烈地用东北话聊着天。

龟井在一位中年人旁边坐下，要了一份青鱼，然后掏出松木纪子的照片让跟前的一位女招待看了看，问道："这位姑娘在这里干活儿吧？"

看上去有十八九岁的圆脸姑娘回答："是的，她是纪子姐姐。"

"今天她休息了吗？"

"她辞职了。"

"什么时候辞职的？"

"大约在一星期前吧。"

"她说过辞职后去什么地方吗？"

"您同纪子姐姐是什么关系？"

"我是受她亲属的委托来找她的。"

"是这样啊，纪子姐姐回青森了！"

"真的吗？"

"当然。"

"我想，在她辞职之前，曾有个叫西山的男人来找过她吧？"

龟井描述了西山的长相之后，姑娘点了点头："要是这个人的话，那我倒记得，他是在上月 15 日左右来找纪子姐姐的。"

"没有威胁她吗？"

"好像是威胁了，不过，纪子姐姐倒是无动于衷。"

"为什么？"

"因为纪子姐姐有了可依赖的情人呗！"姑娘说着，"扑哧"一声笑了起来。

"你知道她的情人长什么样吗？"

"我没有见过，不过我问过纪子姐姐，据说长得很帅。"

"纪子讲过这个人的情况吗？"

龟井一问，小姑娘像是本来就喜欢说似的，把脸凑近龟井说道："纪子姐姐说自己曾犯过罪，因而讨厌待在东京，准备回到青森去。但是，当她到上野站后又觉得无脸去见家里人，很犹豫是否乘坐夜行列车。"

"当然了。"

"我很理解纪子姐姐当时的心情，我也会经常想回故乡去，也曾去过上野站，但很难真的回去。"

"你也是青森人吗？"

"准确说我应当是福岛①人。可对这里的老板却要说自己是津轻人。"姑娘"扑哧"又笑了。

"她在上野站怎么了？"

"啊，纪子姐姐正在犹豫时，有一个男人也和她一样犹豫不决。他很理解姐姐的心情，两个人就聊起来，这才知道双方都是青森人，就这样，他成了姐姐的情人。据说，两个人商量过要在东京重新干起。姐姐这次回故乡就是和他一起走的。"

---

① 福岛，日本东北地方最南部的县，而青森县在东北地方最北端。

"你没有问起过他的姓名吗？"

"姐姐没告诉我，不过她说过那个人的境遇与她自己很相近。"

"境遇相似的情人。"

龟井思索起这意味着什么，仅是同为青森人进京来这一点吗？是否还有更深一层的地方相似呢？

一位客人手拿着话筒，用低沉的声音唱起津轻流行小调。龟井借此机会从座位上站了起来。

3

由于西山撤销了起诉，龟井回到池袋警察署后立即为森下办理了释放手续。

"麻烦你了。"

森下走在夜幕中的街道上，一边对龟井说着，一边匆忙地鞠了一躬。

"这事就算结束了。另外还有件事更为重要，我已经了解到松木纪子的行踪了！"

"真的吗？"

龟井点点头，然后把在浅草的"津轻"店里听到的事情告诉了森下。"如果那位女子说的是实话，松木纪子和她新找到的情人就应当回到青森了。"

"那么同我走两岔了？"

"也许吧。"

"我马上打电话问问，如果她真的回去了，我就放心了！"

"好吧。"

龟井感觉自己的心情异常沉重，想问问那事又难于启齿，脸上露出非常犹豫的神色。

"怎么了？给你添麻烦了，真对不起！"森下担心地看着龟井。

"不是这事！"

此时，龟井的心里与其说是在生森下的气，不如说是在生自己的气。

"我说了什么惹你生气的话吗？要真是这样，我向你道歉。"森下吃惊地望着龟井。

"我要问你一件事，你要对我说实话。"

"可以。要问什么？"

"你急于找松木纪子，仅仅是因为她是你过去的学生吗？有没有其他原因？"龟井紧紧地盯着森下。

森下的脸上露出为难之色，似乎是在想把这件事搪塞过去，他用尖细的声音反问："你听到了奇怪的事吧？"

"请不要搪塞！"龟井伤心地说道，森下默默地低下了头，龟井感到更伤心了，"你要知道我根本不想谴责你，仅是想了解事情真相，西山说你和松木纪子发生过性关系，致使她怀孕并堕了胎，你这次利用休假来找她就是为了赎罪。"

"……"

"如果实在不想说就算了，遗憾哪！"

"请等等！"森下猛地拍了一下大腿，说道，"那时我是着了魔，不，不能这样来为自己辩解，我迷恋她那年轻的肉体是真心话，尽管如此，我又不想自己的家庭遭到破坏。像我这样的人确实是太自私了，而且仍道貌岸然地站在讲台上教着学生！"

"当时是松木纪子自己打掉的孩子吧？"

"是的。"

"她没有求你帮助吗？"

"来过两封信，可我怕妻子知道此事，把信都给烧了。正像西山所说的，我找松木是为了赎罪。当然，我并不盼望能得到她的谅解，但……"

森下欲言又止，低下了头。

对龟井来说，这时的森下仿佛变成了另一个人，不再拥有诚实的教育工作者的尊容，只剩下一副男人的面孔。

"谢谢你能对我说出来！"龟井说道。

他心中的沉重感仍未减轻。当然，如果森下不讲的话，龟井将会看不起他，也许两人之间的友情也会从此彻底断绝。

"你马上给青森打个电话，最好确认一下松木纪子是否回去了！"

第七章

桥口檀的遗书

1

4月5日星期二，青森市内从早晨起来就开始下雨。虽然已经入春，但到底还是北国，一下雨就变得有些冷了。

宫本等五人因与杀人案有关，被警察指定住在县警察本部附近的青森旅馆里，一直要住到案情清楚为止，不许外出。县警察本部特意准备了五个单人房间。宫本等人已在旅馆里整整住了三天。

好在警方还允许他们往家里打电话，所以宫本在4日晚上给住在市内的双亲打了电话。

"我看过报纸了，已经知道安田章这孩子在上野站被害一事。"母亲文子在电话里微微叹了口气。

"还有新闻呢，据说川岛史郎也死了，这是警察刚才告诉我的。"

"他也是你高中时的朋友吗？"

"是的。他应当和我们一起回青森来，可是在中途他不见了。据说今天在鬼怒川里漂出来他的尸体。"

"怎么回事？"

"不知道，警方正在调查，等调查清楚后我就回家。"

文子担心地问道："你不要紧吧？"

"我没事，很快就能回去。"

宫本在同母亲通话时，不知不觉又变回了东北口音，这倒使他的心情平静起来。

早晨起床后，宫本仍在回忆着昨晚同母亲的通话。他拉开窗帘，外面正在下着毛毛细雨，从这里可以看到带拱顶的新町大街，街上的商店鳞次栉比，整修得十分漂亮，简直不亚于东京，似乎东京有的东西这里都有。其间还可以看到放债的招牌。尽管如此，这里仍有一种不容混淆的青森气氛。乍一看这繁华的街道，就仿佛是原封不动地割来了东京的一角，但仔细观察就会发现两者之间有着微妙的不同。

首先，传来的说话声都是东北方言，也就是这种方言，才给这个城市制造出与东京不同的气氛。再看看公用电话亭，也会发现它与东京的不一样。这里冬天的积雪会达到一两米深，为防止积雪将电话亭盖住，电话亭都建筑在水泥高台之上，还筑有台阶。商店街的拱顶，既为防雨又为防雪，所以建造得十分坚固。

宫本看看手表，走进房间去吃早饭。当他走进餐厅时，发现町田和片冈早已经来了。于是他动手把早饭装进饭盆里，端到町田和片冈吃饭的桌前坐下。这时县警察本部的三浦警察进来了，他拉过一把椅子，坐在他们旁边。

"那两位姑娘在干什么呢？"三浦环顾了一下餐厅。

宫本说道："她们马上就会下来吧。"

片冈一边往面包片上抹着黄油一边说道："那两个人都喜欢吃，不会不吃早饭一直睡觉的。"

好像是要证实片冈的话，村上阳子戴着太阳镜出现了，她的妆容化得十分漂亮，但摘下太阳镜仍显出一脸倦容。

她先对宫本三人说了句"早安"，然后转向三浦问道："难道还不允许我们出旅馆吗？"

"我就是为这事而来的。给你们带来了好消息。"

宫本问道："案子解决了？"

"是这么回事。据东京警视厅与茨城县警察本部调查，川岛史郎是在水户站下了车，然后在站前雇了一辆出租车到鬼怒川边，到了从水户向西去的50号国道与鬼怒川相交一带。据判断，川岛是在这里投江自杀的，以此来摆脱在上野站杀害朋友安田章的责任。所以从现在起你们自由了。"

"得救了！"阳子发出了娇气的声音。

片冈独自一人笑了起来。然而，宫本却高兴不起来。七位要好朋友之中的一人杀死了另一人，这个打击是不易平复的。

七人之中被认为是最敏感的町田，这时也用阴郁的目光盯着三浦问道："川岛为什么要害安田？动机是什么？"

这也是宫本最想了解的事情。

"这一点还有待调查。"三浦用手抚摸着下巴，来回看着四个人的脸。

"总之两个人都死了，所以东京警视厅和茨城县警察本部只能推测其动机。考虑起来可能的动机有二：其一是进京之后两人见过几次面，其间因某种原因使川岛产生了杀害安田之心，于是4月1日晚上在上野站会面时川岛犯了罪；其二是虽然他们过去没有发生过什么纠纷，但时隔七年后在上野站会面时，他们却为某事而发生口角，川岛在盛怒之下杀害了安田。当然，真正的动机到底是什么现在还不了解。你们是否想起什么事情来？"

"我是没有头绪，但就是不相信川岛杀死了安田。"宫本耸了耸肩膀说道。

阳子端着咖啡说道："我也是什么都不知道。"

"能不能这么考虑？"说这话的是町田，町田用手将长发往上拢了拢说道，"我们是七年前离开青森去东京的，当时每个人都是满怀着希望。可是，在这七年间，由于境遇的改变——有经济上的也有精神上的，出现了成功者也出现了失败者。这些人时隔七年后会面，虽然昔日曾是朋友，但成功者与失败者之间还是有很大差距的。"

"能不能再讲具体些？"三浦警察提出了请求。

町田说了声"对不起"，又接着讲下去："川岛和安田是时隔七年才在上野站见面，见面后他们会兴致勃勃地谈起故乡或高中时的事情，也会谈起如今在干些什么。安田在大学毕业后当了通产省的官员，做了官再回故乡是很露脸的，而另一位川岛呢……"

阳子插嘴说道："川岛君不是运输公司的经理吗？也蛮不错的嘛。"

"也可以说干得不错，但事实上他已经快破产了，宫本知道这事吧？"町田望着宫本，像是要征得他的认同。

"啊，是的。"宫本点了点头。

町田接着前面的话说道："按理说，一听说川岛是运输公司的经理，人们就会表示惊讶。会不会是安田君发现川岛的话自相矛盾，便抓住这点提出疑问，川岛自然要露出破绽。川岛是个自尊心极强的人，当被追问到必须承认自己即将破产时便发怒了，于是不假思索地把安田杀死了。因为不是有计划的谋杀，所以在乘上列车后他意识到自己犯了罪，为此而紧张。当他再也忍受不住时，便在水户下车自杀了。"

"你的推理很有意思。"三浦望着町田微微一笑。

"什么推理啊，我只不过想设法了解一下凶手的心情。因为不论被害者还是凶手，都是我的朋友。"町田不好意思地挠了挠头。

"对你们来说，发生这事确实太遗憾了。不过，案子既然已经水落石出，你们也就自由了，久违的故乡会给你们带来欢乐的。"

片冈伸了个懒腰说道："我们去浅虫温泉好好享受享受吧。"

宫本一本正经地说道："咱们一起去参加两人的葬礼吧？不过，如果川岛是凶手，他的葬礼会很难堪的。"

町田看了看手表说道："桥口小姐迟到了，现在都已经9点半了。"

2

宫本也看看手表，他对桥口檀没下来吃早饭而感到有些奇怪。按说她的食欲很好，来到这旅馆后已经得到证明，五人之中最有食欲的是片冈，其次便要数桥口檀了。

"别是怄着气还在睡觉吧！"说完，片冈哈哈地大笑起来。

"什么意思？"

宫本一问，片冈往村上阳子那边瞧了一眼，道出很符合他性格的一句话："村上小姐如今出落得出奇漂亮，我们总是捧她，桥口小姐能不生气吗？"

"我可不是美人。"阳子笑着说，可那表情却很得意。

三浦则笑不起来，一种不安感从他脑中掠过。一个年轻姑娘到9点半还不起床吃早饭，这种事是有些不寻常，以警察为职业的人，一碰到不寻常的事，总是像条件反射似的担心发生了什么案情，三十二岁的三浦此时也是这样担心。

他站起身问道："桥口檀小姐的房间是706室吗？"

阳子不解地望着三浦回答说:"对,她和我住的是隔壁。"

三浦默默不语地走出餐厅,然后向电梯冲去。受其影响,宫本等人也紧跟在他的后面。他们乘电梯上到七楼,七楼的走廊里鸦雀无声,似乎没有发生任何事情。

三浦来到706室门前,按响了门铃,室内传出叮叮当当的悦耳铃声,却没有桥口檀起床的迹象。于是三浦用拳头狠狠地砸门,并喊道:"桥口小姐!"

可是屋内仍旧没有回应。

门打不开,肯定上锁了,三浦的脸色变得苍白。正巧一位女客房管理员走进走廊,三浦咆哮道:"给我把这门打开!"

对方为难地说道:"您还是写张'请起床'的条子挂在门上吧。"

"好了!把门打开,可能屋里发生了什么事!"说着,三浦向她亮出了自己的警察证件。

女客房管理员慌忙掏出万能钥匙插进锁孔,"咔嗒"一声,门仅开了一道缝儿,门上挂着防盗门链。三浦用身体猛地一撞将门链撞断,门彻底打开了。

三浦推开女客房管理员冲进房间。只见桥口檀脸朝着窗户睡在床上。不,准确地说应当是"好像是睡在床上"。三浦猛推了她一下,桥口檀的身体从毛毯上一下子落到地上——就是"落"到地上,她的身体甚至都没有抽动一下。

三浦像条件反射似的转身冲向门口,怒吼道:"不许进来!"

确认宫本等人站在门口未动，三浦才在桥口檀的身旁蹲下，抓起她的手腕摸摸脉搏，毫无反应；他又听了听心脏，心脏已经停止了跳动。

三浦用手绢包起桌上的电话，摘下话筒和县警察本部取得了联系。

3

数分钟后，警车赶到了，同时鉴定人员也来到这里，青森县警察本部搜查一课的江岛警部亲自来到706房间。这位沾酒就醉，一醉便摇晃着肥胖的身体轻哼津轻小调的警部，如今却露出严肃的目光。

他问三浦："是自杀吗？"

"还不清楚，暂且可以肯定是中毒身亡，请看这个。"

三浦用手指了指倒在桌子上的药瓶，药瓶中还有许多胶囊，瓶盖开着，几粒药散落在地上。

"安眠药吗？"

三浦回答道："是安托品。"

江岛戴着手套拿过药瓶，瓶上确实印着"安托品"几个字。

"按理说这种药已经不让在市场上出售了。"

"是的。另外还有一封遗书。"

三浦将一个白色的四方信封交给江岛。

这是这家旅馆的信封，江岛从中抽出信笺，信笺也是这家旅馆的。信笺上用圆珠笔写着：

我一直爱着你，当然如今仍在爱着，而且从未因此而后悔。要说这是为什么，因为这是我自己选择的道路。可是最近你对我冷淡起来，是不是已经不再爱我了？

失去了你的爱，我也就丧失了活下去的信心。

现在我吞下药，不过不是因为恨你才去寻死，而是因为只有死才是保我自己的爱的唯一道路。最后，让我再次呼唤你！

再见！

你的檀

江岛再次看了看信封，对三浦说道："没有写收信人的姓名啊？"

"我想收信人大概就是一起回青森来的朋友之中的一人，所以不写收信人姓名也会明白的。"

"她的那几位朋友呢？"

"我让那几个人在一楼休息室里等着了。"

"其中有三位男士吧？"

"对，他们分别是宫本孝、片冈清之和町田隆夫。我认为其中的一人便是遗书中的'你'。"

"如果是自杀的话，搞清了信是写给谁的也无可奈何，因为没有犯罪啊，最多不过成为电视报道炒作的一点儿素材而已。"

"如果是自杀……"三浦皱起眉头，望着在鉴定人员的闪光灯照耀下的桥口檀的尸体。

江岛瞪大了眼睛问道："你认为是他杀吗？"

三浦很客气地答道："不，我只认为完全无视他杀的可能性是危险的。"

"理由何在？"

"也没有什么特别的理由，只是他们一行从上野站出发时，其中的一位就在站内被残忍地杀害了。"

"可是凶手不是已经自杀了吗？"

"是的。但是我认为，他们之间既然有了这样的开头，到达故乡青森后，再有人被害也不奇怪。"

"就是说这是你的直觉？"

经江岛这么一说，三浦露出招人喜欢的样子，挠了挠头说道："我这么说，可不一定靠得住。"

"总之，先要解剖尸体和化验这个'安托品'，然后才能判断。"

"再者，我想查查这封遗书是否是本人写的。"三浦说道。

"这个房间是处于密室状态吗？"

三浦看着被自己撞断的锁链答道："是的。门锁上挂着锁链，钥匙也在房间里。"

"这还不是有准备的自杀吗？"

三浦仍然不解地说道："这个……"

为了解剖，桥口檀的尸体被运走了。三浦拿着验完指纹的遗书来到一楼休息室，宫本四人正心神不定地等着他。

宫本面色苍白地问道："她死了吗？"

"发现时已经死了。你们之中，有人认识桥口檀的笔迹吗？"

"如果还是高中时的笔体，我认识。"阳子说道。

宫本说道："我制订这次旅行计划时，曾给她去过信，并寄上了车票，后来收到了她的回信。"

"那么，请你们看看这个。"三浦把遗书放在四人面前。

"是遗书吗？"问话者是町田。

"啊，是的。"

宫本取出信笺打开放在桌上，其他三人也凑了过来。

阳子很干脆地说道："是她的字！"

宫本目不转睛地看了一会儿，慎重地说道："是非常相似的。"

"如果是在她房间里发现的，能不是她写的吗？"片冈武断地说道。

最后町田道出一句很自然的疑问："这是写给谁的遗书呢？"

"这也是我想知道的事情。信封和信笺上都没有写收信人的姓名。我想收信人理应是你们之中的一位，所以才不用写收信人的姓名，想靠警察来帮忙。我看还是请你们自己坦白吧。"

三浦说完，来回看着宫本等人的表情。

"不会是我吧，我和她可没有同性恋关系！"阳子照旧是那副似乎要睡着的疲倦声音。

三个男人互相偷偷地看了看脸色，没有人承认自己和死去的桥口檀有关系。

片冈掏出烟点上说道："这样一来，我们可怎么办呢？难道还要待在这个旅馆里吗？"

"对不起，恐怕还要在这个旅馆里待一段时间，一直到搞清案情为止。"

阳子不满地说道："桥口檀不是自杀的吗？这样就没有问题了。难道还不让我们自由行动吗？"

"因为还没有完全肯定就是自杀。"

宫本纳闷儿地看着三浦问道："不过，警察先生，那间屋子上了锁而且挂着门链，要说是他杀不可能吧？"

三浦苦笑着说道："当警察的就是要怀疑一切。总之，你们要在这旅馆里，待到事件搞明白为止。"

片冈生气地问道："也不能外出吗？"

阳子一脸为难的样子望着三浦："真伤脑筋，我今天必须要去见一个人。"

"如果是急事的话，可以事先说明你要去的地点，然后我们酌情而定。我想，到傍晚就会搞清是自杀还是他杀，希望诸位能忍耐到傍晚。"

宫本以负责人的身份问道："通知她家里了吗？"

"已经用电话通知了，她的亲属很快就到，你们要见面吗？"

"见面多难堪啊。"阳子说道。

其他三人的心情似乎也与阳子相同。其中如果有遗书中所说的人，恐怕对这个人来说，和她的亲属见面就更为难堪了。

三浦再次说明不许外出后转身向电梯走去。一股香气追了过来，阳子在电梯前揪住了三浦。

"我在白天无论如何必须去弘前，傍晚一定回来。"

"去弘前有什么事吗？"

"昨天我往家里打了电话，家里说嫁到弘前的我姐姐病了，想见见我。我想无论如何也要去见见多年未见的姐姐。"

"明天不行吗？"

"我想尽快见面。"阳子一副似乎被逼得无可奈何的表情。

"往你家里打个电话确认一下行吗？"

"真不愧是警察，真谨慎哪！"阳子小声地笑了。

三浦严肃地说道："工作归工作嘛！"

三浦向阳子要了她家的电话号码，用休息室一角的红色电话试着拨了一下。接电话的是阳子的母亲，她证实说阳子嫁到弘前的姐姐病了，想见见阳子。三浦用电话与江岛警方联系过后，允许了阳子外出。

"最好对其他三人保密。"三浦最后补充了一句。

事实上，即使三位男子中有人提出与阳子同样的要求，他也不会允许他们外出的。他认为，如果桥口檀是他杀的话，凶手肯定是纪子所爱的男人，即宫本孝、片冈清之、町田隆夫之中的一位。

4

桥口檀在青森市内旅馆里死亡一事，很快传到了为上野站内杀人案而设立在东京上野警察署的搜查总部，虽然只是很简单地说她好像是自杀，但十津川等人所受到的打击却非常大，因为上野站内杀人案就是以凶手自杀为结论。

当然，对凶手川岛史郎自杀一说，警方内部也有人持有疑问。既然是自杀，却没有留下遗书，而且不明白他为什么在水户站下车投身鬼怒川。或许水户是七人曾去郊游的地方？从一般人的心理来说，不回到故乡青森是不会自杀的。尽管这都是很重要的疑点，但整个案情还是按凶手自杀来处理的。不过，由于案情尚无法解释这点，所以迟迟未召开记者发布会、解散搜查总部。青森县警察本部的报告，就是在这种情况下送来的。

十津川重新在黑板上写出七个人的姓名——宫本孝、片冈清之、町田隆夫、川岛史郎、村上阳子、桥口檀、安田章，然后又用红色粉笔将其中的川岛、桥口檀和安田章三人的名字划掉。做完这些后，他对刚回到搜查总部的龟井说道："龟井君，可以认为这三个人的死是由某一个人的意志而引起的吗？"

龟井答道："我也考虑过这个可能性。不过，把三人的死作为连环杀人来考虑的话，还存在几个问题。"

龟井对上司十津川警部非常尊重，但从不去迎合他，很有自己的主见。正因为如此，十津川反而更信赖这位老练的刑警。

十津川对龟井的疑问很感兴趣，满意地微微一笑说道："说说你所谓的问题。"

"如果是同一凶手连续杀人的话，第一个问题就是动机是什么。"龟井一边考虑着一边说道。

此时的十津川变成认真的听众，一边听一边在头脑中构筑自己的推理。"嗯，嗯……"十津川随声附和着。

"如果作为连环杀人案来看的话，一般来说凶手应当是七人之中的某一人，不，是剩下的四人之中的一人。如果在上野站杀害安田章的就是川岛史郎，其动机尚可想象，比如，可以考虑两人之间有什么事，由于发生了口角，川岛在盛怒之下杀人；但是，如果除安田章外，川岛史郎和桥口檀也是被害者的话，就无法想象出杀害三个人的动机了。憎恨一个人的理由是简单的，但能够成为憎恨三个人的理由，也许是相当复杂而又特殊的。反过来说，在这种情况下，如果了解了杀人动机，凶手也就暴露了。"

"除了动机之外，你认为还有什么问题？"

　　龟井接着说下去："再者是杀人的方法。桥口檀一事有待于青森县警方去调查，问题是川岛史郎。如果把川岛也看作同安田章一样是被害的话，那么凶手只能是宫本孝、片冈清之、町田隆夫和村上阳子四人之中的一人。也就是说，凶手同川岛一起在水户站下车，然后把他带到鬼怒川杀害。"

　　"确实如此。"

　　"然而剩下的五个人却一同乘'夕鹤7号'列车到达了青森。也就是说，凶手也是乘这趟车到达了青森的。这样的话，凶手如何在水户站将川岛史郎弄下车，再带到鬼怒川边将他淹死，又是怎样返回到'夕鹤7号'列车上，这些就都成了问题。刚才已经说了，凶手应当是同其他几人一起乘'夕鹤7号'列车到达青森的。"

　　"你说的完全正确。"

　　"最后一个问题，跟我和日下君在水户站打听到的情况有关。据我们了解，川岛史郎是独自一人从站前雇出租车去鬼怒川边的，这一点该如何解释呢?"

5

　　同一天的下午1点，青森县警察本部的江岛警部和三浦正在查看被收缴的"安托品"的化验结果。

化验结果主要为三点：

一、"安托品"为 M 制药公司十年前生产，是曾在市场上售过的一种安眠药，根据现场遗留的药瓶上的标签来看，可以认定是十年前购买的，这种药如今已经停止生产，市场上也没有销售了；

二、药瓶中剩余的三十七粒胶囊，均为目前市场上在售的维生素；

三、药瓶上的指纹均为桥口檀一个人的，未查出其他人的指纹。

"是维生素？"江岛的眼睛离开化验报告，轻轻地咂了咂嘴。

"如果是维生素，人吃多了只会引起恶心，绝不致死的。"三浦的神色显得很紧张。

"可是桥口檀是中毒身亡的！"

"是啊！"

"怪了！"

"是怪呀。正因为怪，不是才出现了他杀的可能性吗？"三浦这句话的意思是指这件案子性质奇特。

一个小时之后，尸体解剖结果终于出来了。此时已是下午2点。

首先是死因。据报告书上说，死者是因氰化钾中毒窒息而死。对于这个结论，三浦和江岛都未感到意外。虽然也曾考虑过，死者是否是吃了大量安眠药从而中毒身亡，但根据死者脸上留下的痛苦表情，以及尸体上散发出的杏仁味来判断，氰化钾中毒的可能性是极大的。

第二点是死亡时间。尸体解剖结果推断死亡时间为 4 月 5 日早上 7 时至 8 时之间，这也在江岛他们的意料之中。

报告的第三点对江岛他们来说，从某种意义上讲既有些意外，又在意料之中，这就是桥口檀已有三个月的身孕。报告书上记载着胎儿的血型为 AB 型，桥口檀的血型为 A 型。让江岛和三浦感到意外的是，桥口檀虽然已经二十四岁了，但她看起来要比实际年龄年轻。之所以说在他们意料之中，是因为他们通过她留下的遗书已经觉察到，她和那个男人之间，一定发生了某种有决定性意义的事。

遗书的笔迹鉴定报告是在下午 5 点送来的。这是请桥口檀的双亲拿出最近收到的信和遗书上的笔迹进行比较的，虽然鉴定花费了不少时间，但结果却简单明了。

报告书上说可以断定为是同一人的笔迹，准确率为百分之九十。

拿到三个报告后，江岛警部和三浦刑警的表情是又紧张又为难。死因是氰化钾中毒，药瓶里装的却是维生素，明显地表现出了他杀的迹象。但是遗书确为桥口檀的笔迹，并非伪造，而且 706 房间处于密室状态，这又显示出自杀的可能性。此外，桥口檀还已怀孕三个月。江岛和三浦就是为此而感到紧张又为难的。

青森县警察本部内的争论也达到了白热化的程度。如果桥口檀确是自杀，那就与搜查一课无关了；但如果是他杀，就必须成立搜查总部立案侦查。双方都相持不下，最后只好由县警察本部部长来决定。

因为存在着他杀可能性而在县警察本部内设立搜查总部的决定，是在当日下午2点以后做出的。江岛担任了搜查总部的负责人，三浦仍为组员之一。

6

三浦隐瞒了桥口檀怀孕一事，将宫本等四人从旅馆请到搜查总部。这四个人一见那块"旅馆毒杀案搜查总部"的牌子，都露出了不安和张皇失措的表情。

宫本毫无生气地问道："桥口檀是被杀的吗？"

"我还以为她是吃安眠药自杀的呢！"阳子耸了耸肩。她是在傍晚6点左右才带着疲惫不堪的面容回到旅馆里的。

其他两人也看着三浦，似乎是在请求他给予说明。

三浦心里琢磨，凶手很有可能就在这几个人之中，嘴上却说道："根据尸体解剖结果，桥品檀是氰化钾中毒身亡。一些被认为是安眠药的胶囊实际上只是维生素，就是说，很有可能是有人在维生素胶囊中掺进氰化钾让她吃了。"

"我还以为遗书真是她写的呢。"宫本说道。

"遗书是桥口檀的笔迹，并非伪造。"

一直沉默不语的片冈大声地说道："那么还不是自杀吗？"

三浦紧紧地盯着片冈说道："遗书这东西，在受威胁的情况下也是能写出来的！现在我想知道你们的血型，请抽血吧。"

说完，他招呼事先请来的医生和护士进来。

町田纳闷儿地问道："为什么要查我们的血型？"

阳子想要逃避似的说道："我不用查了，我是 AB 型的 。"

三浦没有回答町田的提问，只是对阳子说道："为了慎重起见，请再验一次吧。"

片冈生气地问道："要是拒绝的话，会怎么样？我们有权利拒绝验血。"

"这是你们的自由。不过，有人拒绝的话，我们也有理由怀疑他心中有鬼。"

"我算服了。"片冈缩了缩脖子。

四个人的血很快就抽完了。一个小时后，每个人的血型都验出来了。宫本为 B 型，片冈清之也是 B 型，町田隆夫为 O 型，村上阳子为 AB 型。按这个结果，唯有宫本和片冈两人有可能是胎儿的父亲。

三浦先把宫本带进调查室。当他们一对一时，宫本明显害怕了。三浦递给他一支烟，尽量使谈话的气氛缓和些。

"请你坦率地讲出一切吧。"

"我决不说谎。"宫本把刚点燃的烟在烟灰缸里按灭，手指微微颤抖。

"你喜欢死去的桥口檀吧？"

三浦一问，宫本露出困惑的表情说道："我只是不讨厌她。如果问我是否有爱恋之意，我回答是没有的，真的。"

"你们两人在东京时单独会过面吗？"

"没有。"

"事实是桥口檀怀孕了！"

"啊？真的吗？！"宫本瞪大了眼睛。

三浦加以肯定之后接着说道："问题是谁是这个胎儿的父亲。"

"不是我。我刚才说过了，我们两人根本就没有单独见过面，连接吻都没有过。"

"可是，宫本君，从你的血型来看，你是胎儿父亲的可能性很大。"

"岂有此理！"

"请不要这么大声。"

"可这也太意外了，本来没关系却硬被看成有关系……"

"不是你是谁呢？从遗书上看，肯定是你们三人中的一位。"

"这我不知道。"

"是你制订的这次旅行计划吧？"

"是的。"

"你当时肯定调查了大家的现住址，以及都在干什么工作吧？"

"是的。"

"难道你就不知道桥口檀和谁有那种关系吗？"

"凡有关个人的私生活，我一概没做调查，特别是男女之间的事。"宫本生气地否定了这一点。

三浦盯着宫本的脸，这张脸确实给人一种诚实的感觉，不过，他那双时而向上时而瞧瞧一边的眼珠，又完全是城市人那一套圆滑做派。就是他遵从了七年前的约定，为寻找高中时的同窗好友而奔忙，也许他招呼大家一起乘"夕鹤7号"列车回故乡青森完全是出于好意，出于一种责任感。大概这位叫宫本的青年既有领导能力，人缘也好吧。

宫本自进京以后，边工作边在夜校里刻苦学习，之后进入律师事务所工作，又准备参加司法考试。从这点上看，表现出了他的顽强精神，不愧为青年人的楷模。但是，他为制订七人一起回故乡的旅行计划，曾去调查过四下分散且已断绝消息的六个人，他会不会对所调查来的东西感兴趣呢？恐怕东京的生活会教会他把掌握其他六人的秘密作为一种"乐趣"，从而感到"激动"。

三浦心想，他肯定还了解一些其他朋友的秘密。

但是，三浦决定不再追问下去，紧接着招呼片冈清之进来。

7

三浦已经知道片冈就是位于青森市内繁华大街上的津轻物产店的公子。津轻物产店是老字号店铺，现任的经理也算是知名人士，在纳税期总是作为高额纳税者在报上名列前茅，而且还担任市里的公安委员。不过，人们对他儿子很不检点且目中无人、野心极大评价极差。虽然他挂着津轻物产店东京分店经理的头衔，但资金是由他父亲出的。

片冈在与三浦面对面时，又摆出一副对待一般人的傲慢劲儿。但在这副劲头之后，却微微流露出讨好和怯懦的表情。

三浦看透了这点，决定采取强硬的态度。他猛然叱责道："从你总是让女人伤心这点来看，你干不出好事来！"

他的话似乎很有效。片冈霎时间露出惊讶的表情，马上又变得心虚起来，耷拉下眼皮，嘴中含糊不清地说着什么。

三浦意识到桥口檀的情人就是他，于是要置他于死地一般问道："我们已经知道桥口檀的情人就是你！你知道她怀孕了吗？"

片冈耸了耸肩膀，干巴巴地答道："桥口檀什么也没说。"

"她说过要和你结婚吗？"

三浦一问，片冈又耸了耸肩说："哪儿的话，我有好几个女朋友呢！"

"你是说桥口檀仅是其中之一了？"

"是的。"

"但是她可准备和你结婚呢！在这次回乡前，她曾给青森的双亲来信提及此事，只是没有明确写出你的名字。"

"可我根本没有这种打算啊！我准备长期在东京生活，结婚的话也要找东京的女人，这样对工作有利。"说话之间片冈好像恢复了元气，又摆出一副傲慢的表情。

"桥口檀的死就没有使你受到震动吗？"

"啊，是个打击。"片冈的表情却像丝毫没有受到震动。

"我们想听听你看了她的遗书后的感想。"

"遗憾。"

"遗憾？什么意思？"

"我是说她没死时和我谈谈就好了。"

"如果她提出结婚你就同意吗？"

"不。我还想再享受一段时间独身的快乐呢，所以不打算结婚。我是指付给她打胎的钱，或者给她找个工作什么的。"

"原来如此！"三浦与其说是愤怒，不如说是无可奈何。片冈这种人的"诚意"就是如此，桥口檀的死大概出乎他的意料，所以他讲的都是实话。

三浦又问道："如果她逼你同她结婚的话，你不打算杀掉她吗？"

片冈的脸唰一下子红了。"我为什么一定要杀死桥口檀呢？再说她是自杀的吧？"

"也有他杀的可能性。因为她逼迫你结婚，而你又难以处理这件事，大概你是害怕你的父亲知道此事后，不再给你钱了。"

"我会用商量的办法来解决的，我决不会杀人的。"

"商量的办法？"

"警察先生，女人所谓的爱啦，诚实啦，其结果都是为了钱。女人在跟男人分手时，总是谴责男人不忠诚，其实不过是觉得钱给得太少了而已。"

"就是说，你所谓的商量就是给钱了？"

"在这个社会中，除了给钱以外再没有表示诚意的办法。但我决不会干出杀人这种蠢事，用金钱是可以解决一切问题的。"

"如果你父亲执意不出钱的话，你除了杀了她以外，不是没有别的办法了吗？"

"那就逃跑！我天生就厌恶死亡，杀人这种事是下等人才干的粗野行为。"

"既然你这样想，那你难道就不在乎堕胎吗？胎儿也是一个生命！"

"你是说我没有人性？我曾在书里看过这样的话。"片冈"咯咯"地笑了，大概是以为自己的回答很巧妙。

三浦露出不快之色说道："如果是你害了桥口檀，早晚会让我抓住证据的！"

片冈第一次露出非常害怕的表情。

8

三浦审问完两个人后回到了自己的房间，一进屋江岛警部就问道："反应如何呀？"

"他们四人当中，好像只有片冈清之存在着杀害桥口檀的动机。"

"这么说胎儿的父亲就是片冈了？"

"是的，他已承认与桥口檀发生过关系。不过他一口咬定不是他杀的，他说他会用金钱来了结此事。"

"不愧是津轻物产店的浪荡公子说的话！"江岛笑了，"父亲辛辛苦苦一辈子才出人头地，儿子却截然不同。"

"如今有动机的虽然只有片冈清之一人，但其他三个人也值得注意。我暂且问了一下宫本孝，另外两个人还需要调查。"

"关于另外两个人中的村上阳子，渡边君打听到一件很奇妙的事。"

"什么事？"

"还是让渡边直接讲给你听吧。"

江岛转身招呼过来年轻的渡边。渡边瘦高的个子，一双眼睛很小，素有"田间木偶"的绰号。他兴奋地说道："村上阳子说是今天去弘前了，实际上她在前天夜里就溜出了旅馆！"

"真的吗？"

"真的，这是一名旅馆的工作人员发现的。村上阳子给了他钱，请他不要对警察讲。"

"前天夜里也是去弘前了吗？"

"还不知道她去的地点。不过，她的行动很可疑。我想，今天她说去弘前，实际上是不是真的去看望了生病的姐姐呢？"

"你认为是村上阳子杀害的桥口檀吗？"

"也许片冈清之在人品上有问题，但他毕竟是津轻物产店的公子，长相也不难看，对年轻的女人来说还是有吸引力的。如果桥口檀迷恋上他，而村上阳子也想同片冈结婚的话，两人势必要变成情敌，那么，村上阳子杀死桥口檀也就不奇怪了。"

"你是说除掉情敌？"

"我的说法奇怪吗？"

"不，不奇怪，这确有很大的可能性。况且，下毒这种手段，也确实像出自女人之手。"

经三浦这么一说，年轻的渡边高兴地笑了，本来就细长的眼睛变成了一条缝儿。

三浦对高兴的渡边说道："咱们现在一起去弘前看看吧。"

三浦为征得江岛的允许，对江岛说道："也许这件事和桥口檀的死没有直接关系，不过我还是想调查一下村上阳子的行动。"

江岛问道："那个町田隆夫怎么样，他在嫌疑圈之外吗？"

三浦当即回答道："他说他又写剧本又写诗什么的，可他那双阴沉的眼睛，似乎表明他有过什么不光彩的历史。"

"好吧，町田隆夫的事由我去调查。"江岛说道。

三浦和渡边在青森站乘坐奥羽本线前往弘前。"津轻2号"列车只用三十七分钟便可以到达弘前。津轻的平原一望无际。当望见被称作"津轻的富士山"的岩木山时，那便到了弘前市，这是一座典型的由过去的诸侯居城而发展起来的城市。

每当红叶满城、苹果收获的秋季，或者盛夏之时，来这里游览的人就络绎不绝。但在4月上旬的现在，天气还略有些寒冷，来这里的游客则是稀稀拉拉的。

三浦他们在弘前站下车后，又坐上公共汽车，直奔阳子的姐姐出嫁的地方。据阳子的母亲讲，这家人住在岩木江附近，经营着一座苹果园。出生在弘前的渡边当向导，很快就找到了这户农家。

果然，阳子的姐姐并没有生病，她无忧无虑地笑着说，是青森的母亲及回乡的妹妹打电话让她说自己生病了。可是农活儿太忙，自己不能老躺在床上装病。

三浦两人呆呆地听完对方的话，怒气一下子全消了，苦笑着问道："你妹妹为什么要让你说谎呢？"

阳子的姐姐为坐在檐廊上的两位警察端上茶答道："还不是因为她进了 NF 制片厂了。"

"这我们知道。她不是当导演吗？"

"她是那么说的吗？"

"是的，不对吗？"

"她根本不是导演，是歌手，用的艺名叫城香，现在还不太叫座呢。"阳子的姐姐一边说一边"咯咯"地笑起来。

"城香？"

三浦和渡边都没有听说过这个名字。

三浦接着问道："既然她不是来看你，那她到弘前来干什么？"

"今明两天，市内的电影院里有加演节目。著名的歌手工藤金子要来，他们决定让我妹妹来助唱演出。"

"是巡回演出吗？"

"是的。妹妹这次就是乘巡回演出之机才回青森的。所以她在来之前就在东京打电话联系过了。"

"昨晚从旅馆溜出去，大概也是这个缘故吧！"渡边小声地说了一句，他的猜想多半是言中了。

"为什么要对警察说谎呢？我们真不明白她让你母亲和你说谎的理由。"

三浦一问，阳子的姐姐道歉似的鞠了一躬说道："妹妹是想成名才不得已这么干的，她一直就是个自尊心很强的姑娘，不好意思说出自己是艺名城香的无名歌手，只能以助唱的身份参加演出，说谎的目的大概是不想让警察知道这件事吧？"

"电影院的加演节目你去看了吗？"

"去了，是我妹妹叫我们去看我们才去的，就在站前的那家叫'弘前会馆'的电影院。"

"情况怎么样？"

"因为著名歌手工藤金子来所以才满座的。妹妹是助唱，既无名气也没有自己拿手的歌，唱的全是些美空云雀①的歌。报幕人报出城香的名字时，全场居然没有一个人鼓掌。她都二十四岁了，而工藤才十九岁，她比工藤大五岁可还得给人家助唱，太难堪了！为此，我和母亲都劝她放弃当歌手的幻想，还是老老实实地结婚算了。"

"阳子光是助唱吗？"

"大概是由于人手不足吧，她还参加了一场话剧的演出。在剧中她扮装成一位男子，乍一看还真没认出是我妹妹。"

阳子的姐姐大概是回想起当时的情景，突然"扑哧"一声笑了，然后继续说道："她在这方面要比唱歌更有才能。"

"阳子就一直没能出名吗？"年轻的渡边的这种问法实在有点儿不客气。

阳子的姐姐并没有生气，她说道："都干了三年多了，唱片也灌了三张，就是出不了名。虽然妆化得挺漂亮，但越这样越叫人为她担忧。"

---

① 美空云雀（1937—1989），日本歌唱家、演员。

三浦改变了话题问道："你妹妹都二十四岁了，正值适婚的年龄，难道还没有心上人吗？"

"这姑娘以前就知道贪玩，如今又一心想要走红，说什么不考虑结婚的事。"

"你知道青森市内的津轻物产店吗？"

"知道，那是家很有名气的商店。"

"那么，你知道那家商店经理的次子片冈清之和你妹妹是高中同学吗？"

"我曾经听她讲过。"

"你是否听你妹妹说过，她喜欢片冈清之？"

"我没听过这种话。"

"你妹妹这次是和片冈清之一起回乡的。你知道这件事吗？"

"她在电话里讲过这件事，还说跟在青森和弘前的巡回演出正好对上了。"

说到这儿，阳子姐姐的表情一变，问道："是不是我妹妹有什么事让警察为难了？"

"不是。只是她外出没让我们知道，所以来调查一下，没有更深的意思。"三浦诚恳地说道。

回到青森县警察本部后，三浦先将从阳子的姐姐那里了解的情况如实向江岛警部汇报，然后又说道："我们去过弘前市的弘前会馆。村上阳子确实在今天用城香的艺名参加了演出，时间是下午4点20分。前三十分钟，她以工藤的助唱身份唱了两首歌，后来又在一场话剧中扮演一名男子。昨天她也是以同样的形式在青森市内的青森影院里参加了演出。这样一来，她和桥口檀的死没有关系了。"

"可是她说谎一事还是令人反感的。"

"我也有同感，是得教训一下她！町田隆夫方面怎么样了？"

"正在进行全面调查，目前还不太清楚。一些了解他的人证明，高中时代的町田才华出众，是个很有号召力的人，但去东京后的情况就不清楚了。"

"他的双亲都已经故去了吧？"

"是的。町田家原来开了一家相当大的当铺，据说持续了三代人。不过，在町田进京读大学不久，他的双亲相继去世，当铺也破产了。町田在青森虽然还有些亲戚，但那些人都说不了解町田隆夫的情况，好像这些亲戚对他是敬而远之。"

"为什么？"

"据说町田隆夫不太讲信用。不过，也有人说，是因为亲戚们把破产的町田当铺给瓜分了。据说，町田死去的双亲人缘很好。"

"町田隆夫本人怎么说的？"

"他的态度暧昧。据他说，自己先进京上了 N 大学，后又转入京都大学。在上大学二年级时双亲相继故去。因为家里破产，他中途辍学，干起各种各样的工作。现在靠在杂志界当编辑谋生，其间也作一些诗。"

"生活优裕吗？"

"町田自认为生活很清苦。不过，他回答时总是吞吞吐吐的，不清楚的地方太多了。"

"宫本了解町田的事吗？"

"我请他讲一讲町田的情况，可是他强调仅是为了寄邀请信和车票才调查了町田的住址，根本不了解町田的私生活。"

"我想，宫本应当知道些什么。这个人虽不坏，但喜好说长道短的。"

"我也认为宫本应当了解他朋友的事。作为组织者，他绝不会只制订归乡计划和购买车票。我也发现他有一种掌握了朋友秘密的优越感，但我怎么问他都一口咬定不了解朋友们私生活的情况，况且我们也没有证据来证明他掌握有朋友的秘密，因此，我决定把町田隆夫的情况通知东京警视厅！"

"您是怀疑町田有前科吗？"

"还不清楚。不过，町田本人所说的话中，确实有些让人弄不清楚的地方。"

第八章

东北高速公路

1

　　龟井到警视厅资料室查看了前科者卡片。一回到上野警察署的搜查总部，就冲着十津川喊道："果然有啊！"

　　"町田隆夫有前科吗？"

　　"有的。他还在纲走监狱①里服刑两年半。"

　　说着龟井把从前科者卡片上抄来的资料交给了十津川。资料显示，町田隆夫曾在岐阜市内樱花酒吧里同一名顾客发生争吵，后来动起手来，他用柜台上的水果刀刺伤了对方。对方后来不治而死。为此町田被判处有期徒刑三年，但是服刑两年半便出狱了。

　　"杀了人才判刑三年？看来对方也够可恶的啊。你明天去一下岐阜，调查一下那个案子的详细情况。"

　　"警部是不是把三个人的死亡当作杀人案件，而怀疑町田隆夫是凶手？"

---

① 纲走监狱，曾是日本环境最苛刻、监管最严格的监狱，被称作"最尽头的监狱"。

"是的。不过因为有前科就把一个人当作凶手的话，就过于简单化了，也是危险的。况且，这个前科记录也不全面，有可能是不得已伤人呢。要真是如此，倒比没有前科更保险，所以请你去岐阜调查一下案件的具体情况。"

"明白了。"

"似乎也有必要调查一下宫本孝、片冈清之及村上阳子三人在东京七年的情况，因为如果是连续杀人案的话，问题出在东京的可能性，要比在青森更大一些。"

"青森县警察本部已经断定桥口檀的死是他杀了吗？"

"听他们的意思好像是说自杀与他杀的可能性各半。遗书是真的，房间上了锁并挂着门链，根据这些来看明显是自杀；但是，致死的原因是氰化钾中毒，现场留有市场上已不再出售的安眠药瓶，这一事实又带有计划杀人的味道。虽然青森县警察本部决定以他杀立案侦查，但又没有十分的把握。"

"我们一上手，会增强他们的信心的。"

"为此，在岐阜的调查一定要彻底。"十津川再次叮嘱道。

第二天，龟井带着年轻的樱井刑警前往岐阜。町田隆夫的犯案时间是四年前的夏天，准确的日子是 7 月 29 日。

在去名古屋的新干线上，龟井对樱井说道："因为岐阜的案子东京报纸上没有报道，也许町田的朋友们不知道这件事。"

各地发生的案件，只要是特殊或离奇的，东京的报纸上都会大肆渲染一番。像这类在地方酒吧里吵架的小事，东京的报纸一般是不会登载的。为了慎重起见，龟井在出发前曾去了资料室，查阅了四年前 7 月 30 日的日报和晚报，证实各报均未刊登在岐阜市内酒吧发生斗殴一事。30 日日报的社会版上，整版刊登的是东京都新宿的 K 银行里发生七千万日元抢劫案，一名守卫被杀。发生这么大的案子，自然要把地方上的案件排挤掉。这对町田隆夫来说应当是一种幸运，因为这样一来在东京的同学就不会知道此事了。

龟井和樱井从名古屋换乘东海道本线后，不久便到达了岐阜。因为来之前已经和岐阜县警察本部联系过了，县警察本部派人前来国铁岐阜站迎接。来人叫青木，人已过中年，头发稀疏。

青木带着两人向警车走去，他边走边问道："马上去看现场吗？"

"如有可能的话，很希望马上去的。"

"案件发生在长良川沿岸的一家店铺里。"

青木说着发动了汽车。

龟井坐在汽车后排座上问道："那个酒吧是在柳濑一带吧？"

"不，是旅馆里的酒吧。"

汽车出发了，不大工夫便穿过岐阜市中心街到达了长良川边。从这里往左可以望见金华山。长良川边上并排开着一溜儿旅馆和饭店。大概在 5 月的旅游黄金周时这里才会满员，现在各家都空闲着。

青木把车停在一座挂着"长良饭店"招牌的五层楼前说道："这个时间酒吧还没开门，咱们就先在休息室里谈谈吧？"

三人走进宽敞的休息室，靠窗边坐下。从这里可以望见长良川堤岸上的樱花树，此时的樱花尚未全部开放，但过不了几天，樱花就会开满江岸。

青木开始说明案情："我记得当时町田隆夫是二十岁。"

"那么是他做大学生时发生的事了？"

"不，那年正月，他的双亲相继故去，青森的家也破产了，被捕受审时他说自己已经辍学了。"

"町田为什么来岐阜？"

"据町田讲，从大学辍学后，他曾在京都市内一家超级市场的会计课就职，因精明能干很受上司的赏识。其间，结识了一位叫香西君子的姑娘，她是这儿附近一家干货店老板的女儿，长得相当漂亮。"

"那姑娘也在同一超级市场工作吗？"

"不，她住的地方离町田住的公寓很近，当时十九岁，在京都上短期大学。因为两人年纪相仿，脾气相投，于是就相爱了。短期大学放暑假时，香西君子回到了老家岐阜。町田想念她，就向超市请了三天假来岐阜看她。"

"这家旅馆的费用相当贵吧？"

"是啊，在这一带算是高级旅馆了，町田住在这家旅馆里恐怕是出于一种男人的虚荣心。特别是情人的家就在这儿附近，他更得如此了。"青木说着笑了笑。

"町田住在这里时见到那位姑娘了吗？"

"见到了。他是 7 月 28 日办的住宿手续，第二天——也就是 29 日犯的案。29 日中午过后，香西君子来旅馆，两人白天乘小艇在长良川上游玩，晚 7 点 30 分去地下酒吧吃晚饭。"

"就是在这时发生的事吗？"

"是的。案件发生在将近 9 点 30 分的时候，一名喝得醉醺醺的男子向在酒吧一角亲密对酌的两人挑衅。这个人名叫新井良宏，二十八岁。啊，可以算个当地的流氓吧，不过没有加入团伙，他曾强奸过妇女并有伤害罪的前科。讨厌的是，这家伙就住在香西君子家附近，迷恋上了暑假回家的香西。他看到香西和其他男人亲近，便勃然大怒。酒吧的招待也证明是新井寻衅的。他叫嚷着不许其他男人和香西调情，而且首先动起手来。他找了许多乱七八糟的借口，全是些小流氓的歪理，于是町田抄起了桌上的餐刀。"

"酒吧的招待怎么说的？"

"说是看到事态危险，想立即告诉领班，但还没来得及去，町田已经和新井厮打在一起，并将餐刀刺进了新井的胸膛。"

"新井当即死亡了吗？"

"没有，当时立即叫救护车送去了医院，但因出血过多，到医院后就死了。警察赶到这里时，町田面色铁青直挺挺地站在那里。"

"判决是在岐阜宣布的吧？"

"对，判了三年。虽然判得不一定恰当，但町田没有上诉。"

"是你审讯他的吗？"

"是的。"

"你当时对他的印象怎么样？"

"我感觉他是名头脑清晰的好青年。这种印象我至今没有变。对了，他出了监狱之后曾给我来过两封信，信上没有任何怨恨之词。"

"两封信？！第二封信是什么时候寄来的？"

"是去年年底。他说他又找到了恋人，是位同乡人。记得他还赠给我一条领带作为礼品，虽然是便宜货，但我也很高兴。"

"他找了位同乡的恋人？"

"是的，信上说是位青森出生的姑娘。"

"那封信能让我看看吗？"

"可以。回去后我就交给你们。"

"那位叫香西君子的姑娘后来怎么样了？"

"案件发生后，她因町田为保护自己杀了人而痛哭流涕。町田入狱后，她曾经去探望过一次。但毕竟还太年轻，她嘴上说要等町田出狱，可过了一年便同一位亲近的男人迅速结婚，如今都有两个孩子了！"

2

酒吧开门之后，他们向当时在场的酒保询问起案件发生时的情况。他所说的与青木说的基本相同，只是由于案件是发生在他眼前，所以说得更为生动些。

"审判町田时，你作为证人出庭了吧？"

"是的，我是不得已才讲出町田君刺杀对方的事。"戴着领花的酒保回答了龟井。

"他不高兴了吗？"

"按理说，发生了这种事我必须辞职，即使怨恨町田君也没用。不过町田君事后却向我道歉，还主动和我握了握手。"年近花甲的酒保一边说，一边一个劲儿地眨眼睛。

当天夜里，龟井和樱井就住在长良饭店。

龟井从旅馆给十津川打电话，十津川对他们的工作加以肯定后问道："所有的人都同情町田隆夫吧？"

"确实，无论是警察还是旅馆里的人都憎恶被刺死的那个小流氓，说町田一点儿也不可恨，要是按酒保等人的话讲，町田保护了姑娘，大有一种骑士风度。"

"如果真是这样，很难想象连环杀人案跟他有关。"

"是的，我的心情也很复杂，好像既放了心又很扫兴。"

"总之，你们马上向青森县警察本部汇报吧！你们明天回来吗？"

"拿到町田的信就回去。森下没有给我来电话吗？"

"没有。还有什么重要的事需要联系吗？"

"不，没有什么重要的事了。"龟井说完挂上了电话。

龟井抬眼看着窗外，明月之下，初开的樱花如同一片烟云。

年轻的樱井愤慨地叹了口气说道："女人都是这么薄情的啊！"

"你是指香西君子吗？"

"是的，那可是保护过自己的男人，怎么就等不了两年半呢？"

"如果你处在她的位置上，会等下去吗？"

樱井直截了当地回答："当然要等。"

龟井从一个中年人的角度，考虑那结果将会如何，等下去确实是件很不容易的事。因为男人出狱后便背有前科，同有前科的男人一起生活下去，是要具有相当的勇气的。当然，他们要是相当亲密并已订立婚约，似乎等下去也在情理之中。

第二天早晨，青木刑警拿来了町田曾给他寄来的第二封信。

（前略）让您多费心，万分感谢。

　　我现在虽然生活清苦，但我的所作所为请您放心，香西君子的事我已不再想了。听说她已经生了孩子，我不是不服气而是为她高兴。之所以能把这种心情轻松地写出来，是因为又出现了喜爱我的姑娘。我们俩是同乡，偶然因为一点儿小事而相识。因为境遇相同，我便毫无顾忌地讲出自己有前科一事。但她知道此事后仍爱着我。不过，现在还没有到说出她的名字的阶段。我想，我们在结婚之前一定去拜访青木先生。

　　寒冬来临，请保重身体！

　　新年来临之际，馈以薄礼，务请收下。

町田

12 月 20 日

　　在回东京的新干线列车上，龟井反复将这封信看了几遍。细小的字体，让人看后感觉写信人有点儿神经质。不过信的写法是合乎规矩的。

　　龟井开始琢磨，町田隆夫能是凶手吗？

3

　　龟井和樱井回到东京，把这封信交给了十津川。

　　十津川看后的感觉和龟井相似。从笔迹上看，感觉写信人是个一丝不苟的人，而且还有点儿神经质，同时又是相当懂礼貌的。

龟井问道："其他三人的情况怎么样了？"

"日下君他们已经调查过了，据说其他人从青森进京都费了很大劲儿，唯有津轻物产店的片冈清之例外。"

"就是说，片冈的东京生活过得既优裕又快活？"

"是的。片冈在高中毕业后，考入了东京的 K 大，家里为他在靠近新宿的地方买下了一套有独立厨房、厕所的高级公寓，每月还贴补他二十万日元。在他大学毕业后，双亲又给他买了辆汽车。"

"真是优裕啊！"龟井耸了耸肩。

"从大学出来后，家里出资为他办了个津轻物产店。啊，叫东京分店，从业人员有三到四人，他就是经理。"

"商店经营得好吗？"

"像片冈那样的人一直由家里供养着，虽然事事他都操心，但他对玩女人和赌博要比工作更上心，根本不会经营好的。"

十津川说完，负责调查的日下刑警接着对龟井说道："可以说是随便式的经营。片冈一直担任着经理，不过这个经理的工资就没数了，想花就拿，所以商店不出现赤字倒怪了。商店之所以没破产，是因为青森的父亲溺爱儿子，为这家商店弥补了赤字。如果从这个角度来看，片冈清之也有讨人喜欢的优点。他经营的商店曾于去年 2 月上了骗子的当，被骗了有近一千万日元。"

"在和女性的关系上，他是很轻浮吗？"

"与其说是轻浮，不如说是放浪。他算是个花花公子。总而言之，他非常娇惯女人，曾被银座的一位女招待骗走了几百万日元。另一方面，他对这次桥口檀怀上了他的孩子一事，却一点儿也不担忧。"

"他犯过什么案吗？"

"他好喝酒，曾喝醉后与人吵架，但还没有到犯罪的地步。"

"他是会连续杀人的人吗？"

"不好说。"日下摸了摸方方的下颚又说道，"他是个在各种事上都不检点的人。按雇员的话说，他是个不检点但非常固执，而且自尊心很强的男人，据说在青森时就干过一些固执的事。"

"是个犟种？"

"啊，片冈自己也经常说自己是犟种。所以一旦恨起对方来的话，恐怕会恨之入骨的。"

"如果是片冈杀害朋友的话，他能出于什么动机呢？"

"乍一看他是个幸运儿，似乎与杀人无缘。但要是考虑杀人动机的话，可以这样推想：他本来应该能在这七个人之中当头儿的，在七年前进京的七人中，无论怎么说他都是最有钱而且变化最大的一个人。据说进京那年秋天，他们七个人曾去水户郊游，当时的费用就是片冈掏的。但是不知为什么他未能在七人之中当上头儿。在高中时，七人曾编写过校报，当时宫本是主编，而这次旅行又是宫本制订的全部计划并出的资金。为此，自尊心很强的片冈实在无法容忍。特别是在上野站被害的安田章和在水户死去的川岛史郎，他们两人从内心里就看不起片冈，因为安田在政府里是一名有权势的公务员，而川岛虽说濒于破产，但毕竟是靠自己的力量创建了一家公司。我认为，可以考虑他们根本看不起靠家里出资而办起公司的片冈。片冈对此十分敏感，哪能不憎恨他们呢？那么，桥口檀则是因为怀了孕，强迫他与自己结婚而被杀的。这种推论怎么样，警部？"

日下像征求同意似的看着十津川。

十津川慎重地说道："大体上可以成立，不过证明起来很困难。"

龟井又问日下："其他两人的情况呢？"

"有意思的是村上阳子。她算不算你说的那种倔强的女性呢？她在高中毕业后干了一年普通的工作。后来突然萌发起一股当歌手的念头，便独自一人去会见作曲家，拜访电影制片人，还跑了唱片公司。现在她在 NF 制片厂里，起了个艺名叫'城香'。据说她光是艺名就换了有五六个了。"

"坦率地讲，她有发展前途吗？"

"我向各方面的人打听了一下，据说她歌唱得并不差，而且有毅力，长得也很漂亮，但不知为什么没有出名，似乎缺少点儿什么。从她初次登台到现在已经四年了，按文艺界的惯例，过三年仍未出名者就得考虑没有发展前途。现在她专门在地方的巡回演出中，给一些有名望的歌手做助唱。"

"据说她对其他朋友讲自己在 NF 制片厂里做导演，为什么要撒这样的谎呢？"

"讨厌被人知道自己是无名歌手呗！干了近四年仍未出名，这种心情是可以理解的。要是真出了名，恐怕那时的心情就是想让所有人都知道的喽！"

"不管叫村上阳子也好，还是叫城香也好，她是否有杀害朋友的动机呢？"

"我们考虑过各种情况。不过即使让人看破自己仅是一个无名歌手，似乎也不至于杀害昔日的朋友吧。"

十津川插嘴说道："不能这么考虑！"

"为什么，警部？"

"村上阳子不说自己是歌手，正意味着她是一个自我显示欲很强的女人。虽然没有出名，但也坚持了四年。此时正处于不得不干下去的心情之中。设想一下吧，这样的人心理上最讨厌什么？"

龟井答道："被人看不起。"

"对，龟井君。"十津川肯定道，"我想，她就是不能容忍别人嘲笑自己是无名歌手才吹嘘自己是导演的。何况是唱了四年仍不能出名。一个人如果怀才不遇，就会变得很固执，而且性情上也会变得有攻击性。很有可能这次被杀的朋友偶然得知她就是艺名城香的无名歌手，从而看不起她，至少村上阳子觉得被人看不起了，比如那个运输公司的经理川岛说不定就曾提出要和她一起睡觉，或是当官员的安田惊讶地道破了她无名歌手的身份，等等。也许说者无意，但却深深地刺伤了村上阳子的心，于是她便产生了杀意。不能有这样的可能吗？"

龟井吃惊地说道："这么说，被害人至死还不明白自己为什么被杀？"

十津川有些尴尬地说道："龟井君，你这样吃惊可叫我为难了。这事至今还只是假设村上阳子是凶手来推测的，不过凶手也许是片冈清之，町田隆夫和宫本孝也都有可能。"

龟井又问日下："宫本是个什么样的人？"

"一言以蔽之，他是个规规矩矩、很上进，而且至今仍在努力的人。他是边工作边上夜大而坚持到毕业的，现在在律师事务所工作，又准备参加国家司法考试，将来的理想就是当一名律师。他在四谷的春日律师事务所工作，我会见了事务所所长春日律师。春日律师对他的评价很好，说像他这样的人在当今的年轻人中实不多见，是位很有礼貌而且要求上进的人。"

龟井说道："要是作为凶手，宫本确实处于最容易杀害朋友的位置。这次回乡计划是他一个人制订的，写信和买车票也是他一人操办的。"

十津川默默走到并排写着七个人姓名的黑板前，然后转身面向龟井他们说道："宫本孝、片冈清之和村上阳子三人之中的任何一位是凶手都不奇怪，但是无论谁是凶手，有一件重要的事都必须解决，你们知道是什么吗？"

龟井说道："关于安田章是被杀害的这一点，我认为问题不大；桥口檀死在了密室一事，青森县警方会负责解决的；剩下的事是川岛之死。在水户站下车而死在鬼怒川的川岛史郎，如果不是自杀而是他杀的话，凶手必须要和川岛同在水户站下车。所以我想，凶手多半是把川岛带到鬼怒川将其淹死，然后驾驶汽车高速行驶，在某一地方再次登上'夕鹤7号'列车。但是，事实上是否存在这种可能性是个问题。"

"正是这样。"十津川表示赞同。

"那么，首先要知道凶手是在什么地方再次登上'夕鹤7号'列车的。"

"恐怕是在仙台。"

"是吗？"

"是这样的，青森县警方了解到，这一行人好像是在列车过仙台不久发现了川岛史郎不在的。所以，可以暂时认为凶手是在仙台再次登上'夕鹤7号'列车的。"

说着十津川从抽屉里取出列车时刻表，接着说道："从时刻表看，'夕鹤7号'列车21点53分由上野发车，首先在水户站停车，其时间为23点27分，列车到下一个停车站一关站的时间是凌晨4点53分，其间任何站都不停车。这是时刻表上记载的。"

"有运转停车吧？"龟井微微一笑。他笑的原因是，在上次案件中，时刻表上没有记载的停车站恰恰成了解决案件的关键。①

所谓运转停车就是不上下乘客，专门为司机交接班、机车上水、装卸货物而停车。这种情况在长距离行驶的夜行列车中较为多见。

"我已经询问过国铁，'夕鹤号'列车的运转停车是比较多的。就'夕鹤7号'列车来说，从水户到一关之间就有四次运转停车。"

说着，十津川在黑板上写了几个站名：

水户（23:27到达）

平站（停车8分）

夜森（停车11分）

原町（停车17分）

仙台（停车2分）

一关（4:53到达）

十津川接着说道："在这几站中，我之所以考虑凶手是在仙台再次登上列车，是因为大家是在列车开出仙台不久发现川岛不在的。也就是说，凶手在仙台上车后，马上让他的朋友认为他一直待在列车上而没有在水户站下车。其次，凶手在水户站

---

① 作者西村京太郎在《蓝色卧铺列车杀人事件》一书中讲述了这一案件。

下车后到了鬼怒川边，这期间列车应当是一直向北行驶。我想，如果凶手是驾驶汽车追赶列车，不到仙台是没有道理的。因为上述四个站中，离东北高速公路最近的就是仙台。我们一边看地图一边说吧！"

十津川取来一张东北至关东的地图，用图钉钉在了黑板上。

4

"请大家仔细看这张地图！"

十津川用红色签字笔先在水户站上画了个圈。

"凶手和川岛史郎在水户站下车后，走50号公路向西而去。车站前的出租车司机已经证明，有一位很像川岛的人坐出租车在鬼怒川边下车，从水户到现场行驶了四十分钟。这名乘客或者是被害者川岛，或者是化装成川岛的凶手，这一点我们现在还不清楚。但可以肯定的是，从水户到现场汽车需行驶四十分钟，这期间，列车当然是一直向北行驶。那么，想从现场追上'夕鹤7号'列车应当怎么办呢？"

日下问道："他会不会返回水户站，赶乘下一趟列车呢？"

"那就追不上'夕鹤7号'列车了。"

龟井说道："飞机也没有这个时间的，那就只有驾驶汽车高速追赶的办法。"

"问题是他会走哪条路线去追赶列车。"

"首先可以考虑返回水户后北上走 6 号公路。因为 6 号公路是沿太平洋沿岸直达仙台。但是，返回水户要耗用一定的时间，况且 6 号公路不是高速公路，车速跑不起来。"

"剩下的路线就是这个了。"十津川在上野到盛冈的东北高速公路上画了一条红线，"从鬼怒川的现场往西走 50 号公路，可以高速行驶直到仙台。这是一条更快的路。"

"如果走这条路的话，能在仙台追上'夕鹤 7 号'列车吗？"

正当日下提问时，一名刑警走进屋里，告诉龟井有客人。

"客人？叫什么名字？"

"说是叫森下，无论如何要见见龟井先生。"

"不能等一下吗？"

十津川说道："龟井君，还是先去见见吧！"

"可现在正讨论到关键之处呢！"

"这些仅仅是我的一些想法，问题是怎样解决。总之，你还是先去见见他吧。"

"那我马上就回来！"

龟井对十津川说完后，一人来到一楼会客室。森下一见到龟井就破涕为笑，说道："到底还是让你知道我品质恶劣的一面了。"

"啊，算了吧。男女之间的事是说不清的。松木纪子回青森了吗？"

"啊，是的。为此，我也决定今晚回青森，特地来向你辞行。我是坐今晚的'夕鹤5号'列车。"

"'夕鹤5号'列车?！"

"对，是卧铺列车，我想躺着回去。我再待在这里也没用了。"

"请等一下。"

"怎么了？"

"在这里等着我!"龟井对森下说完，就立即返回搜查总部的房间，对十津川急切地说道，"我想现在就去乘'夕鹤5号'列车，在水户站下车，对您刚才所提出的想法进行一次试验。"

"'夕鹤5号'?"

"对，从上野开往青森的'夕鹤号'列车有七趟，都是奇数号。这七趟车均为卧铺特快列车，行驶的距离相同。我想，作为试验的话，5号和7号列车应当是一样的。正好我的朋友森下君说要乘今晚的'夕鹤5号'列车回青森，我想请他帮一下忙。"

"好，干吧。"十津川说道。

5

在走向上野站的途中，龟井向森下扼要地说明了案情。

"我一定大力协助！总麻烦你，我心里真是过意不去。"森下的眼睛放出了激动的光芒。

"谢谢了。"

"我干什么好呢？"

"我在水户站下车，你坐'夕鹤5号'列车到仙台，麻烦你在仙台站下车等着我。"

"行！从仙台还可以赶下趟车回青森。"

"如果我们的推理正确，你我应当能够在仙台站一块儿重新乘上'夕鹤5号'列车。"

"是不是如果能赶得上，你现在处理的案子就能解决了？"

"确切地说，这就是抓住了侦破案件的线索。"

森下加强了语气说道："我一定要立功！"

到了上野站后，龟井买了张到青森的车票，心里盘算，在水户站下车后，如果能照预想的那样在仙台赶上"夕鹤5号"列车，就索性坐车去青森，与青森县警察本部通一下情况。这一点已经征得了十津川警部的同意。

"夕鹤号"列车有1至14号，奇数号为下行列车，偶数号为上行列车。当龟井买完车票同森下进入检票口时，正好"夕鹤5号"列车挂着"夕鹤"的标志正慢慢驶来。

森下说了句"稍等"就去小卖部买了一小瓶威士忌酒、干乌贼片和橘子。他像孩子一般地说道："从水户到仙台就我一个人了。"

临近发车时刻，两人上了列车。到水户站只需一小时三十分左右，没必要上床躺着，两人便在森下的卧铺上并肩坐下。晚上9点40分，"夕鹤5号"列车正点发车，从上野到青森七百多公里的区间里，总共行驶着十四辆"夕鹤号"列车。

窗外的东京夜景飞逝而去。粉红色的酒楼霓虹灯，情侣旅馆的霓虹灯……它们相继出现又一个个地消失。深夜的东京似乎只剩下了这些霓虹灯，而且它们是那么相似。

龟井问道："松木纪子打电话来了吗？"

森下简洁地回答了一句："嗯。"

"她说什么了吗？"

"她说已经原谅我了。这位姑娘要比我这个当教师的更高尚。"

"不要过分责备自己，教师也是人，是男人这点是不会变的。"

龟井本想安慰一下森下，可森下抬起头来说道："但我不能因此饶恕自己！我想回青森后就向学校递交辞呈，从此当个普通农民。怎么样，一起喝点儿吧？"

森下打开了酒瓶盖。

"很遗憾，我正在工作中。"

"那我就一个人喝点儿。"

被龟井谢绝后，森下把酒倒进玻璃杯中，一连干了两杯，丝毫没有醉意。

"你负责的这个案子如果见报的话，牵扯的可都是青森人啊。"

"是的。"

"那么凶手肯定也是青森人了？"

"至于这一点我的心情也很沉重。可这是杀人案，就是同乡也不能宽恕呀。"

"我明白。"

"不过，我心里确实不好受，特别是他们还都是二十四岁的青年人。虽然还不知道谁是凶手，但无论是谁被戴上手铐，我的心里都会不安的。"

"如果只有上野站的那个年轻人是他杀，而水户和青森的案件都是自杀的话，不是白费力了吗？"

经森下一问，龟井的脸上露出复杂的表情。

"大概能松口气吧！不过，凭我当了二十年警察的直觉，我确信这些都不是自杀，而是连续杀人。当然，目前还没有证据，要有证据，早就逮捕犯人了。所以，如果确定是自杀，作为同乡总会松一口气，但同时又会感到丧气。"

"我最厌恶杀人。"

"我们当警察的也不希望是杀人案！"龟井说道。

列车到达水户站后，龟井同森下约定好在仙台再见，便下了车。乘坐"夕鹤号"列车的旅客大多是盛冈和青森一带的。在水户站下车的除龟井外，只有带着孩子的一家人。其实这也很自然，要是只到水户就没必要乘坐卧铺车，坐 L 特快列车更方便。和龟井一起下车的那家人，也许是为了让孩子坐会儿卧铺才特意乘坐"夕鹤 5 号"列车的。

龟井掏出到青森的车票通过检票口时，检票员露出莫名其妙的表情问道："中途下车吗？噢，您就是上回来过的警察先生啊！"

"上次承蒙您的大力协助，非常感谢。"

"不必客气。4 月 1 日从'夕鹤 7 号'列车下车的那个男人是自杀的吗？"

"我就是为这事再次来调查的。"

龟井让检票员在车票上剪了个"中途下车"的标志，然后走出检票口。他看了看手表，表针正指向夜里 11 点 15 分，从下车到现在已经过了七分钟，在水户站停车四分钟的"夕鹤 5号"列车已经发车向北驶去。

龟井带着稍稍有些焦躁的心情，从站前待客的出租车中找到一辆比较新的轿车。司机看上去也很年轻。他打开车门坐了进去，亮出警察证件对司机说道："请给予协助，当然我会付车费！"

"要干什么？"这名三十二三岁的司机紧张地问道。他的表情虽然紧张，但也闪烁着乐意干的眼神。

"你相信自己的技术吗？"

"如有可能我可以参加汽车赛。"

"那么，我想先走 50 号公路到鬼怒川边，四十分钟能到吗？"

"四十分钟，太容易了，这个时间道路正空着呢！"

司机的目光变得像个赛车手，猛地一下子启动了汽车。

已经过了夜间 11 点。正如司机所说，道路没有阻塞，除了遇到红色信号灯外，汽车一直不停地飞驰。汽车在鬼怒川边停住后，司机转过身自夸似的对龟井说道："警察先生，三十五分钟就到了。"

龟井说道："那么在这里休息五分钟。"

"接下来干什么？"

"我想进入东北高速公路，从哪里走最近？"

"佐野的高速公路入口呗。"

"如果如此，那就请你从那里上东北高速公路直奔仙台，再到国铁仙台站。"

"到仙台用多长时间？"

"反正越快越好。你知道从这里到国铁仙台站最快得用多长时间吗？"

"超速行驶行吗？"

"可以。不过别发生车祸，我还不想死呢！好，走吧！"龟井说着拍了拍司机的肩膀。

司机比刚才还要精神百倍，驾驶着汽车飞驰起来。汽车从佐野的高速公路入口驶入东北高速公路。本来东北高速公路白天的汽车通过量就很少，如今到了深夜，路上的汽车就更少了。司机驾驶着汽车如同飞起来了一般。龟井望了一眼汽车时速表，表上的指针已经越过了"100"。他们的车不断地超越着前面的车辆，相当惊险，但司机的技术确实很高超。"宇都宫""黑矶""白河"等路标，一个个地在夜色中浮现又逝去。

龟井心想，如果照这个速度行驶下去，也许能赶上"夕鹤5号"列车。

已经看到带有仙台标志的路标了，距离仙台还有"20公里""10公里""5公里"……路标上的数字在不断减少。随着轮胎的"吱吱"作响，汽车终于驶出仙台高速公路出口进入仙台市。不过，汽车不能横穿市区，到国铁仙台站还有一段路程。

真是太无情了，时间到底还是超了！

"没有走错吧？"

"没有，我经常来。看，那就是仙台站。"

龟井付过车费后飞快地下了车。

当他跑进候车大厅时，突然听到有人在喊自己的名字。原来是森下站在那里。

"你怎么站在这里？"

"我在等你呀！"

"等我？'夕鹤5号'呢？"

"开走了。"

"它是什么时间到的？"

"凌晨 2 点 35 分，停车两分。"

"啊，是 2 点 35 分。"

龟井看了看手表，已经是 3 点 15 分了。晚了四十分钟！龟井绝望了。

森下问道："下一趟'夕鹤 7 号'将在 3 点 40 分到达。"

"我先和东京联系一下，如果能去青森的话一定要去。"龟井无精打采地说。他觉得自己身为警察的直觉完全成了泡影。

他走到站内的黄色电话机前，掏出几枚硬币投进去，给十津川挂了电话。

"原来的推测彻底完蛋了。"龟井老实地说道。

"真的吗？"十津川似乎也感到有些意外。

"是的。汽车再快也赶不上火车呀！"

"晚了多长时间？"

"四十分钟。"

"四十分钟？"

"是啊，如果晚了四五分钟还可以找回来，但四十分钟就是无论如何也赶不上的了。"

"那名司机的技术怎么样？"

"他的技术相当不错，东北高速公路的限速是每小时八十公里，可他已开到一百至一百三十公里了。技术再好，恐怕也很难开出更短的时间。要是赛车手，倒另当别论，但我认为要在水户至仙台这一段路内，一下子缩短四十分钟，即使是赛车手也办不到。"

"是啊!"

"现在我怎么办呢?"

"汽车不行的话,只有动用直升机了。"

"我想,如果使用直升机就可以赶上列车。"

"关东是农业地区,如果动用直升机的话,多半是农业用直升机,而且一定是事先约好的。天亮后,你就去水户至仙台一带的所有直升机公司调查一下!"

"明白了。"

"你的那位叫森下的朋友怎么样了?"

"为了协助我,他在仙台站下了车,过一会儿'夕鹤7号'列车就到,他准备乘那趟车回青森。"

"你也想回去吧? 不过,直升机一事就委托你办了! 如果能查出直升机这条线索,至少川岛史郎一案可以由东京方面来解决了。"

6

龟井没有去送准备乘"夕鹤7号"列车的森下,独自走出车站,徒步向宫城县警察本部走去。深夜的大街上空无一人。调查直升机一事,必须要得到县警察本部的协助。所以,到达宫城县警察本部后，龟井向值班的警官讲明了案情，请求他们给予协助。于是对方在龟井休息期间，对县里的各个直升机租赁公司进行了调查。

龟井睡到近 9 点钟才起床，起床后便直接去拜访县警察本部部长。

对宫城县内可以出租直升机的公司警方均已调查过了，没有发现在 4 月 1 日夜里至 2 日清晨载人飞行的直升机。

龟井又南下到福岛、前桥和水户，请福岛县、群马县和茨城县警方协助调查各县的直升机使用情况，结果都是一样的，各地都没有直升机在 4 月 1 日夜至 2 日凌晨载人飞行于水户至仙台之间。龟井抱着一线希望再南下到东京和千叶县，仍未发现任何线索。

龟井一无所获地回到了上野署的搜查总部，此时已是 4 月 8 日的夜里。

十津川听完龟井的报告后并没有感到十分失望，因为起初他们就没有考虑动用直升机的可能性。他说道："动用直升机的可能性也不存在了。"

"这回能确定川岛史郎是自杀了吧？"日下不满地看着十津川。

十津川自言自语道："至少川岛的朋友在水户将他杀死的线索是断了。"

日下默默地听着十津川和龟井的交谈，忽然叫了声"龟井君"，接着问道："如果不是在仙台重新上的车，而是开车走东北高速公路到终点盛冈，能追得上列车吗？"

"也许能，但没有意义。据说是一过仙台他们便发现川岛史郎不在，还引起了大家的恐慌，这就证明列车到仙台时，所有的人都在车上。所以，即使能在盛冈赶上列车也没有用！"

"对，我忘了！这个畜生！"日下咂了咂嘴。

龟井问十津川："青森方面的情况怎么样？"

"你走后我和他们通了电话，把町田隆夫有前科一事告诉了他们，同时问了一下江岛警部，他说青森警方正为找不到他杀证据而苦恼呢。"

"那么就是说，高中时代的七位好友时隔七年一同回故乡旅行，其中一人川岛史郎不知出于什么动机在上野站杀害了安田章，因受良心的谴责，中途从'夕鹤7号'列车下车投身鬼怒川自杀；另外，抵达青森的五个人之中的桥口檀，为恋人片冈清之而服毒自杀。这样就结案了吗？"

"你好像有点儿不服气？"

"是啊，我怎么也无法理解。"龟井露出失望的表情。

"但是，川岛史郎一案经你试验已经证明，几位朋友中的任何一人都不可能杀害他。"

"确实是这么回事。"

"那怎么还不能理解呢？"

"这七个人不是单纯去旅行，也不是昔日的高中好友相邀外出观光，他们是乘夜行列车回故乡，那里有他们的过去，有他们的亲属。而且，那里不像东京是个开放城市，好也罢，歹也罢，反正是个封闭的城市。人与人之间的仇与恨，也许在东京这样的大城市里能逐渐消散淡薄，但在东北却相反，这种仇恨只会变得更深。这种能量一到上野站就会产生，因为上野站对从东北进京的人来说是终点站，对北归的人们来说又是始发站。如果一个人仇恨他的朋友的话，随着接近故乡青森，这种仇恨会在他心中越来越强烈。所以，无论如何，我们也不能考虑受良心谴责而中途下车投江自杀的说法。而且，这种胆小的人根本不会用那么残酷的方法在上野站杀害自己的朋友。"

"龟井君，你想说的我明白，可川岛史郎是被他朋友杀害的推测，不是经试验证明是不可能的吗？"

"是啊。"龟井轻轻地叹了口气，"真是搬了石头砸自己的脚！我认输了，是我自己证明了川岛史郎是自杀，反而又对这个结论不满。"

7

同一时间，青森县警察本部也陷于苦恼之中。这是因为把桥口檀的死定为他杀而成立的搜查总部，至今未找到他杀的线索，无法缩小嫌疑人的范围。而且定为他杀就要跨越密室和遗书两道障碍，但是这项工作毫无进展。

另一方面，根据东京警视厅送来的四名嫌疑人在东京七年的情况报告来看，嫌疑最大的便是桥口檀的恋人片冈清之。因为片冈已经承认同桥口檀发生过性关系，基本可以肯定桥口檀腹中的孩子就是片冈的。但是，参考警视厅的报告，怎么也看不出片冈会是杀害这个女人的凶手。片冈是个花花公子，在男女关系上很随便。对这样的男人来说，即使女方因怀孕而强迫他结婚，他首先会考虑用金钱来解决，其次便是逃避责任，而绝不会选择杀死对方，因为在他心中根本就没有"爱情"。那种真心实意地去爱而又不被女方所接受的男人，许多是不考虑后果就走上杀死对方这条路的。如果是片冈杀了人，肯定是被逼得走投无路了，但警方并没有发现片冈有这种迹象。

警方也没有发现宫本孝、町田隆夫和村上阳子有杀害桥口檀的直接动机，宫本和町田都不是桥口檀的恋爱对象，而村上阳子是个女人。如果这三人中有谁是凶手的话，就必须存在其他动机。

昨天，刚从警视厅得知町田隆夫有杀人前科时，江岛、三浦及其他刑警也曾兴奋了一阵子，这倒不是因为他们对有前科者抱有偏见。其实要是同普通市民比较，可以说刑警们对有前科的人反而更没有偏见，他们的着眼点与其说是在有无前科这一点上，倒不如说更重视其目前所犯的罪行。

江岛他们之所以兴奋，是因为町田是隐瞒了自己有前科一事来参加这次旅行的，能否考虑町田因为这事被人知道了并受到嘲弄，而一气之下杀害了朋友呢？江岛他们是为发现了他新的动机而兴奋。但是从后来警视厅送来的报告看，町田在岐阜犯下的杀人罪近乎正当防卫，给人的印象不像是杀人犯，倒像是位匡扶正义的人。况且，如果町田因为朋友得知自己的秘密而赌气杀人的话，被害人就不仅仅是桥口檀了，上野站的安田章和水户的川岛史郎都应考虑是被町田所害。然而，根据警视厅的调查，町田在水户杀害川岛已被试验证明是不可能的。

三浦负责去调查町田那几位朋友是否知道町田隆夫有前科一事。当然，已经死去的安田章、川岛史郎和桥口檀是否知道已无法确认了；片冈和阳子明显不知道此事，宫本一开始也坚持说不知道，但当三浦咬定他知道时，宫本只好承认当初为了同其他六人联系，曾委托侦探社进行过调查，从而得知町田有前科一事。

宫本最后信誓旦旦地说道："不过，这件事我对其他六人——不，除去町田还有五人——一个字都没有透露，直到现在也没有说过。"

三浦认为町田因为有前科而导致杀人，这条线索也算彻底断了。

能不能认为村上阳子因为被人发现是无名歌手城香而产生杀人动机呢？特别是在桥口檀的问题上，她是六人中村上阳子唯一的女伴，既可以认为她们关系不错，也可以认为她们相互排斥。桥口檀相貌平平，虽在东京待了七年也未能使她变得气质高雅。相反，村上阳子却相当漂亮，衣着也华丽，男人们的注意力自然而然地会集中到她身上。桥口檀的恋人片冈也一直竭力讨好阳子而不理睬桥口檀，桥口檀肯定感到扫兴。假定在这时她了解到阳子不过是无名歌手，说不定会以此嘲弄阳子。即使不是这样，阳子因为自己是无名歌手，一直感到没脸见人，也有可能一时怒从心起，毒死桥口檀。

但是，无论怎么调查，也没有发现桥口檀曾嘲弄过阳子的线索。

最后是宫本。宫本既知道町田隆夫有前科，也知道村上阳子的艺名叫城香，大概他只是不太清楚桥口檀已经怀孕一事。宫本辛辛苦苦读到大学毕业，又一边在律师事务所里工作，一边准备接受司法考试，是个很勤劳而刻苦的人。不过，不能因为这一点就保证他不做坏事，要是掌握了别人的秘密就更难说了。因掌握了别人的秘密来敲诈对方，这种事在当今社会中屡见不鲜，譬如花花公子片冈就是绝好的敲诈目标。也许死去的安田章、川岛史郎、桥口檀都受到了宫本的胁迫。不过这样的话，被杀的应当是敲诈者宫本孝，但现实是宫本还活着，他的三个朋友却死了。所以，宫本孝敲诈之说也就自然不成立了。

8

江岛警部无精打采地说道："现在再禁止他们外出就没有道理了。"

今天已经是 4 月 8 日了，更准确地说马上就要到 9 日的黎明。三浦望着窗外渐渐发白的天空，心想，但愿案件就像这黎明一样即将真相大白。

"东京警视厅已经认定川岛史郎是自杀了吗？"

"是的，他们已明确，宫本孝、片冈清之、町田隆夫及村上阳子四人，和上野案与水户案无关，因此就没有限制他们活动的理由了。"

"但是，桥口檀之死只能认为是他杀，无法解释有那样的自杀。密室、写遗书等确实是自杀时常有的情况，可为什么桌子上是维生素而死者死于氰化钾中毒呢？"

"我也明白这是不正常的现象。但如果是他杀，为什么要留下遗书呢？笔迹是桥口檀的，而且看不出写字时手在发抖。同时，房间里上着锁，还挂着门链，完全是密室。此外，自杀的动机也显而易见。既然这些都已明确了，没有必要再侦查了。"江岛与其说是在反驳三浦，不如说是在生自己的气，他使劲儿地咂了咂嘴说道，"总之，现在再也不能留他们了！"

三浦望着江岛问道："搜查总部怎么办？"

"当然应该解散了！当初认为是他杀才立案侦查的，现在没有证据证明是他杀了。"江岛说着看看三浦，又补充说道，"但是，你还要继续调查这个案子。一个人干不容易，干着看吧！我至今仍认为是他杀。"

9

随着设在县警察本部里的搜查总部的解散，宫本他们也自由了，四个人在旅馆的餐厅里一边用早餐，一边交谈今后的打算。

片冈耸了耸肩说道："我要马上回东京。竟然把我们当作杀人嫌疑犯对待！青森不愧是日本的农村，我怀念东京。"

宫本也说道："我也必须早早返回东京。"

片冈劝诱道："那么，咱们一起走吧。"

"不出席他们三个人的葬礼了？"阳子用责备的目光看着宫本和片冈。

宫本一本正经地答道："我考虑过这件事，可是东京还有要紧的事在等着我呢！况且，川岛是在上野站杀害了安田章后自杀的，恐怕他们家里会感到难为情而不举行葬礼。在这种气氛下，我可不想去出席葬礼。我考虑，等以后事情平息下来再去给他们上香。所以，我想今天就回东京。"

片冈乘机说道："我也一样。我给家父打电话，让他们为三个人的葬礼送去带黑缎带的大花圈。这回就请原谅吧。这样吧，在花圈上写上我们四个人的名字，这样可以吧？"

阳子对片冈说道："不过，桥口檀是自杀的，她可曾是片冈君的恋人啊！据说她的葬礼将在今天举行，你连她的葬礼也不出席就回东京吗？"

片冈耸耸肩说道："所以我就更难出面了，因为我们不是正式的恋爱关系。如果他们责难说桥口檀自杀就是因为我，我怎么回答呢！况且，我是津轻物产店东京分店的经理，我一天也不能耽搁下去了。"

片冈又问宫本："你怎么回去？"

"事情很急，我准备从青森机场坐飞机到羽田。"

"我最讨厌坐飞机了。况且从青森飞往羽田的不是喷气式飞机，而是 YS–11 飞机①，太旧了，实在危险。"

"不过，我想那总比坐火车更早些到东京吧。"宫本说完又问町田和阳子，"你们怎么办？"

町田说道："我不像你们都是大忙人，所以我还想在青森城里转转再回东京。如果可能的话，我准备参加他们三人的葬礼。"

---

① YS-11 飞机，日本在第二次世界大战后首次开发自制的螺旋桨民航机。

片冈听完此话叫了声好，就把手插进怀里掏出钱包，从中摸出三张一万日元的钞票强塞给町田，任性地说道："我出三个人的香奠钱，你拿着。一人一万日元可以了吧？"

片冈收起钱包，看着阳子问道："你怎么办？"

阳子很难为情地笑了笑。"事实上，我在这里还有两次公演需要参加。等这次公演结束后我再回东京。在公演期间如能抽出时间，我也准备参加他们三人的葬礼。"

片冈说道："唱歌的 K 君就是十五年不鸣，一鸣惊人。你也很有可能啊！"

"真是那样的话，我将万分高兴。"

"不要紧，这期间我们做你的后盾。町田是诗人，由他来给你创作你演唱的歌！"片冈为自己做出这个决定乐得手舞足蹈。

町田拢了拢长发说道："可以，可以考虑以津轻为舞台。"

"谢谢了！"阳子真的高兴起来，突然面向大家鞠了一躬。

乍一看，三位朋友的相继死亡似乎并没有给四个人留下创伤，但那只是表面上的，其实对每个人都有强烈的影响。就连平时对什么都无所谓、这会儿却乐得手舞足蹈的片冈，恐怕也是因为受到身怀自己的孩子死去的桥口檀一事的打击，才故作轻松的。

吃完早饭，三个人正在喝咖啡时，县警察本部的三浦刑警又露面了。他再次为长时间限制四人的行动自由表示歉意。

三浦走后阳子说道："这位警察的心地倒很善良。"

"不见得吧？"町田微微一笑。

"不是吗？"

"让我看的话，这个警察的表情是既遗憾又没有办法。他肯定至今仍认为我们之中的某一人杀害了桥口檀，他不过是顺路来看看而已。"

片冈马上表示赞同："我也有同感，据说认为这个案件不是自杀而是他杀，主张立案侦查的就是这个警察。"

"不是已经明确是自杀了吗？"

"就像刚才町田君所说，这个警察仍然认为是他杀，也许眼下我就是被他盯上的第一个目标。"片冈耸了耸肩膀。

宫本起身说道："我要失陪了，去东京的飞机 10 点 20 分起飞，从这里坐车去青森机场需要十五六分钟呢！"

片冈说道："一天就一趟吗？"

"不，一天两趟，下一趟是下午 4 点 15 分起飞，错过上午这一趟就得等上五个多小时。"

"那么东京再见。"

"好的，没有时间了。"

宫本慌忙走出了餐厅。

宫本走出去后，片冈看了看手表说道："我也要回东京了。我老是担心着店里的事。另外，我还要给家父打个电话，如果再待在这里，我就要受刺激了。桥口檀人也死了，我想换换心情。我就失礼了！"

说完，他也匆匆地走了出去。

餐厅里只剩下了町田和阳子，阳子有点儿落寞地说道："都回东京了！"

町田伸了伸腿，叼上一支烟，又递给阳子一支，回应道："是啊。"

阳子看了看周围。"好像就剩下咱们两个人了，变了！当初在上野站集合乘坐来青森的卧铺列车时，大家都说这次回去要像修学旅行一样，尽情地欢乐一番。谁知被卷入这个事件中，让人吓了一跳，总算到了青森，他们又匆匆忙忙地返回东京了。"

"在东京七年的时间，已经使东京成为大家生存的场所，无论怎么怀念故乡，人总是要生存的。对于我来说，东京就是我的生存之地。不过，死时我还是想死在青森的，我认为人在出生地死去是最幸福的。"

"我也想死在青森。我嘛，上高中时一觉得无聊，便去陡峭的岩石上看渡船。从青森站前往左走，有一条货车牵引线吧？沿那条铁路线走下去，会看到一家叫'猫'的小餐馆。这是家让人略感凄凉的餐馆。在餐馆旁边，有块陡峭的岩石，我经常坐在那里眺望渡船栈桥，看海鸥在海面上飞翔。尽管竖有禁止钓鱼的牌子，可不知为什么总有两三个人在那里钓鱼。"

"这是因为你喜欢大海的缘故吧。"

"是啊，我至今仍喜爱大海，一看到它就觉得心里很踏实。

东京的海就不行，我只喜爱这里的大海。"

"你对片冈他们讲过这事吗？"

"嗯，也对宫本君讲过，两人都笑了，还说我是多愁善感。"

"你自己怎么认为？"

"他们说的也不无道理。我步入唱歌界已经四年，现在仍在为所谓的理想而奋斗。如果我当初是抱着别的幻想，没有进入这个有偏见的世界，也许现在都有孩子了！"

"今天在什么地方公演？"

"今天和明天都在青森市内的电影院里，嗯……"阳子掏出了一个小笔记本，"今天是 4 月 9 日，在 S 电影院；明天是 10 日，在 N 市民会馆。都是下午 2 点到 4 点。我是助唱歌手，没有拿手的歌，只能唱别人的歌，我盼望着尽早唱上自己的歌。你来看吗？"

"不知道，我也不确定，我也许会突然去下北，也许立即就回东京。"

"还是自由职业好啊！"

町田苦笑着说道："换句话说，就是没有固定的工作。"

"去下北干什么？"

"看看恐山，见见那里的盲目巫女，我想知道她们是否真能转达死人的话。"

"真是恐怖呀！"

"如果真能转达死者的话，我倒真想听听。"

"不过，那事……"

"什么事？"

"我是想问问町田君……咳，算了吧。"

"没关系，是我有前科的事吧？想知道当时我是什么心情吧？那一瞬间当然没有什么快感，但也没有感到恐怖。"

第九章

青森站的死者

青森駅

1

　　青森站每天要接待三万名旅客，对此来说车站就显得太小了。车站的二层楼，还是在1959年建造的站房的基础上改建的。楼顶上竖着"青森站"三个大字。这里大有乡村小站之感，但车站里的人似乎对这事并不介意，站里还悬挂着介绍东北新干线的竖幅标语。青森站实在太小了，只有夜行列车到达时才会使人感到旅行的情趣。

　　在青森站下车穿过铁路桥口，有一条伸向青函渡船码头的长长通道。按理说青森站是东北线的终点站，然而不知为什么，这里像上野站一样，虽说铁路线在这里终止了，却没有非常冷清的气氛。旅游宣传单的介绍上也写着："请来青森吧，这里是通向北海道的大门。"这里确实可以说是去北海道的入口，特别是当凌晨"初雁11号"和"陆奥号"特快列车到达时，下车的人们喘着粗气奔向青函码头，使人更强烈地感觉到青森是通向北海道的大门。

　　4月11日，从早晨起来天就阴沉沉的，似乎要下雨，还格外地冷。津轻的春天虽然要比南方迟到一些日子，但近日里也能看到春天的气息了，谁知今天却使人感到严冬似乎又返回这里。

青森站候车室的暖气仍在供热。东边候车室里有几位常客，是十二三位老人。他们之中有的当过警察，有的当过船员，还有人曾是银行的职员，五花八门，不过现在都退了休没有了工作。不知从什么时候起，他们开始聚集在车站的候车室里。每天清晨公共汽车开动时，他们便使用专门为七十三岁以上老人提供的免费乘车证上车，聚集到车站。他们在有暖气的候车室里的长椅上坐着，一聊就是一天，并以此为乐。车站方也不知从何时起做的决定，将窗旁那些老人们常坐的椅子默许为他们的专座。

这一天也是同样。早晨 8 点，使用免费乘车证乘市内公共汽车来的七八位老人又聚集到候车室里的长椅子上。这些人相互都已很熟了，聊起天来非常快活，但他们毕竟上了年纪，一旦猛然不见其中某一人的话，话题便会转向悲伤。

今天就是得知一位常客——八十二岁的退休职员过世了。大家回忆起他的一些往事。曾当过船员的岸本老人从大衣口袋里取出一瓶方瓶的威士忌酒说道："为了祈祷这位老爷子的冥福，咱们干一杯吧？"

"纸杯呢？"

"那边小卖部里有卖纸杯的吧？"

准备好纸杯后，岸本老人为大家斟满了酒。这时，他发现一名年轻的姑娘正孤零零地坐在椅子的一角上，好像是筋疲力尽地睡着了。他便对那个姑娘说道："姑娘，来喝一杯怎么样？在这种大冷天里，酒是最好不过的东西了。"

其他人担心地说道："别硬劝啊。"

这些老人整天占据着候车室的一角，按理说这种行为应当受到批评。但是，国铁方面也好，治安部门也好，都默许了老人们的这种小规模的"娱乐"。不过，如果老人们稍有不慎惹怒了一般旅客，治安部门就要出面了，大家制止岸本老人也正是担心这一点。但是爱喝酒而心地善良的岸本老人却说道："你们看这姑娘的脸色多难看，我想让她喝点儿酒。怎么样，姑娘？"

岸本说着伸手轻轻地摇了摇她的肩膀。姑娘的身体突然"咕咚"一声从椅子上滑落下去，仰面朝天地倒在地上。刚才她坐着时大家没有看出来，现在才发现她一脸痛苦，眼球凸出，原来早已死去了。

旁边的两位年轻姑娘吓得哀号起来。

这时，曾当过警察的北村老人立即站起来，果断地大喊一声："都静一静！"

不愧当过警察，他的声音高亢而有力，整个候车室里都可以听得见。

"岸本君，你马上去通知治安部门！其他人不要动尸体，最主要的是保护好现场！"

岸本迅速去通知铁路的治安部门。

2

青森站铁路公安办公室汇报了这一消息后，县警察本部的三浦刑警连东西也没带便急忙赶赴现场。

在警车中，三浦懊悔得直咬牙，因为被害的女人实在太像村上阳子了。自从搜查总部被解散后，三浦受江岛警部之命，独自一人继续调查。但终归只有一个人，他不可能同时去监视宫本孝、片冈清之、町田隆夫、村上阳子四个人的行踪。所以，他明知村上阳子仍在青森市内进行公演也没有去跟踪。现在全完了，后悔都来不及了！

青森站上一连来了好几辆警车，本来就不宽敞的候车室立刻挤满了警察和鉴定人员，北村老人等负起维持秩序的职责。

三浦在尸体旁蹲下，一看到死者果真是村上阳子，懊悔的心情再度冲击着他的胸膛。

阳子身材纤弱，脖子更是细得很，就在那细细的喉咙四周露出一道明显的淤血痕迹，大概是被人勒颈而死的。

因为鉴定人员要拍照，三浦退到了一旁。他看了看车站的大钟，这时是 8 点 40 分。

阳子尸体旁边并排放着两个小型旅行包。三浦想，是不是她准备回东京才来到这里，到这里后被害的呢？正在他琢磨时，迟到一步的江岛警部出现了。

江岛下颚朝尸体扬了扬，问道："是村上阳子吗？"

"是的。不过这次肯定是他杀，凶手是勒其喉咙将她杀害的。"

"在这里被害，就是说她准备乘列车了？"

鉴定人员将检查完指纹的旅行包交给江岛。旅行包原来掉在了椅子下面。江岛和三浦检查旅行包，包里胡乱放着钱包和手绢等。他们先找出了车票和一本小本的时刻表。

这是一张由青森 23 点 35 分出发的"夕鹤 14 号"列车的硬卧车票。当然，这是昨晚发车的车票，列车到达上野站的时间是今天上午 9 点 01 分。

"再过十二三分钟，她本该乘坐的那趟列车就到达上野了。"三浦一边看着时刻表一边说，不知为什么，他的话充满了伤感。

"既然是'夕鹤 14 号'，就是最后一趟'夕鹤号'列车了？"

"是的。"

"那么她应当是在开车前来到这里的，也就是在昨晚 11 点 35 分之前。难道她被什么人杀害之后，一直坐在椅子上，就没人感到奇怪吗？"

"我去问一下车站的工作人员。"三浦说完走出候车室。

过了五六分钟他回来说道："车站工作人员和公安人员都曾看见她一直坐在候车室里。不过，在最后一趟'夕鹤号'列车发出后，凌晨 4 点 10 分和 4 点 53 分有发往上野的'陆奥号'

和'初雁 2 号'，这两趟列车分别是在 3 点 48 分和 4 点 03 分进站。很多乘这两趟列车的人都是从 0 点开始便来候车室等待，所以候车室不只有她一个人。"

"原来如此。"

"因此，工作人员认为她很有可能是准备乘坐上行的'陆奥号'或'初雁 2 号'列车。远道的人要乘凌晨 4 点的列车的话，不在前一天深夜赶到这里是不行的。"

"是的，也许凶手算计好了尸体倒在椅子上，别人会以为是在睡觉，不会有人感到奇怪。"

"也许凶手争取时间逃跑了。"

"凶手会是剩下的三人中的一人吗？"

江岛一问，三浦肯定地回答道："不能有其他的考虑。桥口檀一案也同样，她肯定是被宫本孝、片冈清之及町田隆夫三人中的一人杀害的。"

江岛从旅行包底部取出一个白色的信封说道："这儿有一封宫本孝写的信！"

寄信人是宫本孝，收信人一栏上写的是"NF 制片厂内村上阳子"。

　　你好！这封信的收信人是写村上阳子还是写城香，实在让我迷惘。

　　遵从七年前的约定，我制订了这次回青森的归乡旅行计划，我也因此得知你入了文艺界。你在高校时歌唱得就不错，而且性格开朗，所以你在文艺界也许会有发展前途的。

我计划咱们七个人一起，于4月1日出发回故乡青森，共需四天三晚。请你务必参加。

其他朋友我也将通知的。

随信寄上4月1日21点53分上野站发的"夕鹤7号"列车车票。

再见为盼！

宫本孝

在旅馆中死去的桥口檀也有一封类似的信，江岛从衣袋里取出那封信对照了一下，笔迹完全相同——

你好！还记得七年前那个浪漫的约定吗？对，你肯定记得。为此，你才每年往我的户头上存钱。

根据当年的约定，我随便制订了个归乡旅行的计划。此次旅行从4月1日起，要用四天三晚。因为要给你去信，需要调查你的地址，因此我得知你在涩谷的百货公司工作。其他朋友均很健康，他们都在东京。

务请拨冗参加，若见不到你的面，朋友们会感到遗憾的。

同信寄上"夕鹤7号"车票，请认准是晚9点53分发车。

再见为盼！

　　　　　　　　　　　　　　　　　　宫本孝

三浦说道："宫本果然知道大家的秘密，也许所知的还不止这些。"

"给每个人写的信措辞都不一样，真不愧是在高中时办过报纸的。"

"我想知道，包括宫本在内的剩下的三个人，如今他们各在何处？"

"凶手杀害了阳子后乘坐了'夕鹤14号'吧？"

"那么，就是去上野方面了？"

三浦再次看看车站的大钟，只差五分钟就要到9点了。

"再有六分钟，'夕鹤14号'列车就到达上野站了。要和上野站公安办公室取得联系吗？"

3

上野站的站内广播中反复播送着：

"'夕鹤14号'列车误点五分钟，列车将驶入19号站台。"

在中央检票口处，来接"夕鹤14号"列车乘客的人们三个一群、两个一伙地聚集在这里。9点整的时候，一名男子摇摇晃晃地向这里走来，那步伐就像喝醉了酒，让检票口的工作人员觉得有些危险。这个男人拿着站台票刚要递给检票员，突然"咕咚"一声倒在检票口正中间。

年轻的检票员大声地问道："你怎么了？"

"救——命！"男人的声音模糊不清，近乎听不见。

检票看着他的脸再次大声问道："你怎么了？"

这时，倒下的男人身体开始一点点地抽搐。附近的人们惊呆了，只是注视着这个场面。年轻的检票员脸色铁青，一时不知所措。正巧一位中年工作人员从这里经过，还是他有经验，马上指挥道："快去叫救护车！"说完把倒在检票口中间的男人拉到了旁边。

五分钟后，救护车赶到这里。这个男人的抽搐已经停止，两名救护人员将他迅速抬上救护车输氧，紧急送往靠近不忍池的急救医院。"夕鹤14号"列车误点五分钟到达上野站时，已是这件事发生之后。

4

设立在上野的搜查总部今天将要解散了，尽管以十津川为首的搜查人员至今仍对案件不甚理解，但除考虑川岛史郎在上野站杀死了安田章，他自己又在水户站从"夕鹤 7 号"列车下车，后来投身鬼怒川自杀外，无法整理出别的线索。凶杀案以川岛史郎的自杀而宣告结束，因此搜查总部不得不在今天——4月 11 日解散。

但就在这时，从县警察本部传来村上阳子在青森站被害的消息。

"搜查总部本日解散"这几个字一下子就从十津川的头脑中散去了。他瞪大眼睛对刑警们说道："继续调查案件，不管别人说什么，搜查总部都将继续存在下去。"

正在这时候，不忍池医院打来电话："急救车送来一位在上野站内昏迷的男子，但他到医院前已经死了，是中毒死亡的，我们认为是氰化钾中毒。"

"知道这个人的身份吗？"

"年龄有二十四五岁，身上带有一个名片夹子，里面有二十张名片，名片上写的是'津轻物产东京店·片冈清之'。"

于是，十津川和龟井两人在阴沉沉的天气中奔向不忍池医院。

这是一座三层楼的综合性医院，副院长森崎医师和急救人员陪同十津川他们走进手术室。

手术台上平放着一位赤裸着上身的男子，经过与照片比照，确认这个人正是片冈清之。

森崎医师说道："这个人运到这里时已经晚了！"

"是氰化钾中毒？"

"是的。从死者外表上看，基本可以做出这个结论。当然，确切的结论还要等解剖后。"

"听说还有名片？"

"我们想了解他的身份，所以检查了他所带的东西，东西都在那里。"森崎医师指了指近处的圆桌子。

桌子上放着钱包、名片、名片夹、手绢、打火机、烟等，名片夹中确实有二十张印有"津轻物产东京店·片冈清之"的名片，钱包里还有十五万日元。

十津川再次抬眼看了看手术台上的尸体，发现死者紧紧握着右手，于是便一个个地掰开死者僵硬的指头，发现死者紧握的是一张一百日元的站台票。

十津川问两名救护人员："是从上野站送来的吗？"

一名救护人员回答道："是的。据说他是突然倒在中央检票口不能动了的。"

那么，被害者是准备进入中央检票口才买的这张站台票吗？

龟井小声地对十津川说道："'夕鹤14号'列车就是上午9点到达上野站。"

"'夕鹤14号'？青森县警方不是说村上阳子就是拿着这趟车的车票死在青森站的吗？"

"是的。"

"也许片冈清之到上野站就是为了迎接乘坐这趟车归来的某个人。"

"谁？也就是宫本孝和町田隆夫之中的一个人吧！宫本孝或是町田在青森站杀害了村上阳子，而后乘上了'夕鹤14号'列车。"

"照你这种说法，死在那里的片冈清之也是被同一凶手毒死的了？"

十津川又扫了一眼尸体。

龟井一时也迷惘了。他像是要打破这种迷惘似的说道："当然，这样的话讲不通。不过，这七个高中时的好友之中的某一个人不知出于什么原因，连续杀害了好几个昔日的朋友，所以，在青森站杀死村上阳子的凶手，和在上野站杀死片冈清之的凶手，说是同一个人也不奇怪。"

"凶手必然是宫本孝与町田隆夫之中的一个人吗？"

"我认为是的。"

"一个是有志当律师的青年，一个是有伤害罪前科的诗人，你认为哪一个可能是连续杀人的凶手？"

正当十津川询问龟井时，森崎医师猛然想起来什么，说道："我还有一件事忘了！"

"什么事？"

"这名患者的口袋里还有一封信，因为是私信，我放在了别处，差点儿忘了！"

"能让我看看吗？"

"当然可以！"

说着，森崎医师从白大褂的口袋里掏出一个折成两折的信封，交给了十津川。

这是一封快递信。收信人一栏中写着"津轻物产东京店·片冈清之"。字体稚拙，大概是想掩饰笔迹而用左手书写的。寄信人一栏写的是"昔日七人小组中的一人"，使用的也是同样的笔体。

十津川从信封中抽出信笺，唯一的一张信纸上用和信封上相同的生硬的笔体写着：

片冈君，必须告诉你一件可怕的事情！杀害安田章的不是川岛，桥口檀也不是自杀，我们这些朋友之中的一个人相继杀害了这三个人。原因尚不清楚。但这家伙刻骨仇恨着我们，他绝对不会因为杀害了这三个人就收手。下一个袭击的目标也许是你，也许是别人！令人为难的是现在尚无证据，无法将这家伙扭送警方，这样一来，恐怕我们只能相互帮助，齐心合力保护我们自己了，必须抓住他杀害安田章等人的证据！为商量此事，请于4月11日上午8点到上野站熊猫像前。这家伙唯恐被怀疑，肯定也会来的，届时我们将他逮捕不是很妙吗？请多加小心！

昔日七人小组中的一人

　　十津川默默地将这封信递给龟井，然后问道："你是怎么想的？"

　　龟井恶狠狠地答道："这明显是个圈套！"

　　"相当巧妙的圈套！接到这封信后，片冈这个无赖也不得不去上野站，因为不去就意味着他是凶手，所以他必须要去。况且，去上野站想了解案情真相也是人之常情。"

　　"信上说8点钟到上野站，时间可够早的啊！为什么要指定这么早的时间呢？"

　　"这需要进一步确认一下。"

　　"干什么？"

　　"请等一下。"

　　十津川对龟井说完，然后给上野站打了电话。他询问了有关"夕鹤14号"列车的一些情况。对方告诉说列车误点五分钟，是9点06分到达上野的。

　　十津川挂上电话，好像早已料到会是这样似的，面向龟井微微一笑说道："上午8点钟'夕鹤14号'列车还没有到上野站呢。"

　　"凶手是在制造不在现场证明吗？"

　　"是的。凶手如果坐了'夕鹤14号'列车就不可能杀害片冈清之，而你的推理是凶手昨夜在青森站杀害村上阳子后乘上了'夕鹤 14 号'列车。要是按你这个推理，凶手就绝对不能杀害片冈清之。"

"但是，片冈是被毒死的。"

"片冈有可能吃下的是带毒药的胶囊，与在青森死去的桥口檀情况一样。考虑到胶囊溶解需要一定时间，所以，片冈实际的服毒时间应当比死亡时间早一些。"

"这很清楚。那乘坐'夕鹤 14 号'列车的凶手不是更不能杀害片冈了吗？"

"如果我的推理正确，那么凶手乘坐的不是'夕鹤 14 号'列车，而是乘坐前一趟'夕鹤 12 号'列车回东京的。"

"'夕鹤 12 号'什么时间到达上野？"

"请等一下。"

龟井取出了放在口袋里的小本时刻表。"夕鹤 12 号"列车到达上野的时间是早晨 6 点 52 分，这样的话，凶手就有充裕的时间在 8 点钟前来上野站拉走片冈。

"'夕鹤 12 号'几点钟从青森发车？"

"前一天的晚上 9 点 15 分。"

"'夕鹤 14 号'是几点？"

"晚上 11 点 35 分从青森发车。"

"那么，关键就是在青森站被害的村上阳子的死亡时间了？"

"对。如果她是在晚上 9 点 15 分以前被害的话，凶手就可以乘坐'夕鹤12号'列车进京，见到片冈并将其毒死。"

"这么说来，凶手应当是已经回到东京了？"

"我想去确认一下宫本孝和町田隆夫是否已经回东京了，怎么样？"

"首先去见宫本，他是在四谷的律师事务所工作。"

十津川和龟井办好解剖片冈尸体的移交手续，然后坐车直奔四谷。

<h1 style="text-align:center">5</h1>

从国铁四谷站往半藏门方向走出二百多米，便是宫本工作的律师事务所。所长春日一政是位相当有名的老律师，十津川曾和他打过两三次交道。

宫本在事务所里一看到十津川和龟井，脸色骤然变了。十津川和龟井虽然已调查过宫本孝的事情，但还都是第一次见到他。

十津川心想，这就是那个相当努力的青年？于是他冷不防地问了一句："你好像已经预料到我们要来？"

宫本摇了摇头："没这事！"

"不过，一知道我们是警察时你的脸色可都变了！难道你有见警察就害怕的毛病吗？"

"没有做过亏心事，就不必吃惊嘛！"龟井也在一旁说道。

"我什么亏心事也没有做过。"

"你知道吗？今天早晨，你的朋友片冈清之在上野站死了，是被毒死的。"

"不，我不知道。"宫本的声音有气无力，否定的口气也不坚决。

十津川微微一笑。"你知道！"

"不！"

"可以讲讲今早8点至9点之间你在什么地方吗？"

"8点钟我还在家里，和往常一样，我8点40分离家，差一点儿9点到事务所，这里的上班时间是9点。"

"你住在什么地方？"

"靠近东十条的公寓里。"

"那么离上野站很近啰。"

"是不远，但我今天没去过上野站。"

"你和你的朋友一起去过青森吧？"

"是的，我和高中时的好友曾于4月1日乘'夕鹤7号'列车回老家了。"

"什么时间回东京来的？"

"4月9日坐飞机回来的。"

"飞机？！"

"是的。事务所里很忙，我本应在4日上班的。我是在青森机场坐东亚国内航空公司的 YS-11 飞机回来的。"

"其他人也是坐飞机回来吗？"

"不，只有我一人，片冈说他讨厌坐飞机，要坐火车回来。町田和村上小姐什么也没说。"

"那么，你是 11 日早晨就上班了？"

"对，上午 10 点来的事务所。"

"回到东京是什么时间？"

"9 日的下午 5 点。"

"能肯定吗？"

"你们不信可以去调查！"

"我们是要调查的！你今天早晨真的没有去过上野站吗？如果你说谎的话将对你不利，你不仅将被怀疑杀害了片冈清之，而且我们还怀疑你在青森站杀害了村上阳子。"

宫本惊慌地说道："请稍稍等一等。"

"什么事？"

"你们说村上阳子被杀了，真的吗？"

"你不知道？"

"不知道，我一点儿都不知道！"宫本脸色苍白。

然后他又自言自语道："那封信上所写的事果然都是真的了！"

十津川急忙追问："信？什么信？"

宫本从上衣口袋里取出一个折成两折的信封说道："是昨天

快递来的。"

　　看到收信人一栏中那稚拙的字体，十津川想到这封信准是同片冈身上发现的信一样。打开信笺一看，不出所料，信的内容与片冈身上的那一封完全相同——

　　　　宫本君，必须告诉你一件可怕的事情！杀害安田章的不是川岛，桥口檀也不是自杀……

　　宫本好像是刚醒过来，他开始滔滔不绝地讲起来："说实话，我就是因为看了这封信，今天早晨才去了上野站。因为我想，要是不去的话也许会被认为是凶手。"

　　"是在指定的 8 点钟准时去的吗？"

　　"不，我有心要看看情况，晚去了二十来分钟。我先在熊猫像附近瞧了瞧，但谁也没有出现，将近 9 点钟时，我前去中央检票口查看。这时我发现了片冈，刚要喊他，突然他摇摇晃晃地倒在检票口旁，后来救护车赶到，我便匆忙地逃走了。因为我想，待在那里的话恐怕会被当成凶手。我没有毒死片冈。"

　　"如果你不是凶手，那么就剩下町田隆夫一人了，你看他是凶手吗？"

　　"不能认为他是凶手。"

　　"为什么？町田过去杀过人啊！"

　　"我知道。不过，四年前那个案子他近乎正当防卫，如果是我们事务所去辩护的话，他甚至有可能无罪释放，至少可以缓刑。我们这些老朋友根本就没有因为他有前科而说三道四。因为与其说三道四，不如当初就不请他参加这次回乡旅行了。所以，町田不存在杀人动机。"

"你怎么样呢？听说这次旅行计划全是由你制订的。"

"是的，因为七年前就约好这件事委托我办。"

"那么，你应当很容易地制订出杀人计划了？"

"请不要这样说，我也没有杀人动机。因为杀害安田章他们对我没有一点儿好处。"

"那么究竟是谁相继杀害了你的朋友呢？"

"这件事我不知道，不过……"

"什么？"

"川岛史郎和桥口檀真的不是自杀而是他杀吗？桥口檀的情况怎么想也只能认为是自杀。"

"如果是自杀，动机是什么呢？"

"当然是失恋了！可以说，她的自杀是对使她怀孕而又抛弃了她的片冈的抗议，她的遗书也是这么写的。虽然没有收信人的姓名，但对方明显就是指片冈。"

"你好像不太喜欢片冈清之？"

十津川一问，宫本有些狼狈地说道："他也算是个好人，就是有点儿吊儿郎当。况且，桥口檀也怪可怜的……"

6

十津川决定留下龟井查清宫本的话是否属实，自己一人去目黑区的町田隆夫家拜访。

町田独自在一家名叫"青风庄"的两层木建筑的公寓里租了一间六张榻榻米①大的房间。十津川来这里时已近中午时分，但町田仍躺在床上，书和杂志多得几乎要把他埋了起来。

町田揉着眼睛对十津川说道："对不起，因为我在卧铺车上没有睡好。"

十津川不等对方请，自己就坐在圆椅子上问道："什么卧铺车？"

"我是坐'夕鹤 14 号'列车今天早上回来的。"

"你真是坐'夕鹤 14 号'列车回来的吗？"

"是的，这怎么了？"町田坐在床上，叼着一支烟，疑惑地看着十津川。

"你认识村上阳子吗？"

"当然认识。她怎么了？"

---

① 日本房间常以能铺多少张榻榻米来计算面积。一张榻榻米的尺寸是长约 1.8 米，宽约 0.9 米。

"今天早上，在青森站的候车室里发现了她的尸体，是被勒死的。片冈也在上野站死了。"

"真的吗?!"

"我们是不会说谎的。村上小姐是拿着'夕鹤14号'列车的车票死去的，而且是到上野站的票。"

"她为什么被害?"

"我就是想问问你这件事，宫本孝说他是前天坐飞机回东京的，你为什么在青森多待了两天呢?"

十津川一问，町田露出愤怒的表情。"刑警先生，青森是我的老家，想多待一待也是人之常情吧? 特别是我这样的'城市漂流者'更是如此。不对吗?!"

"对不起，我生在东京，所以没有故乡的概念。"十津川一边说一边想，也许换作龟井就不会提出这样的问题了。

接着他又问道:"这期间你在青森干了些什么?"

"漫步街头。其间参加了死去的三个人的葬礼，受片冈之托买了香奠。"

"村上阳子也在青森多待了两天，这期间你们两人见过面吗?"

"她是因工作而留下的。她是位歌手，艺名叫城香。"

"你知道这件事?"

"对的，她说这两天她必须在青森市内进行公演，让我也去看，但是我没去，因为她说想出席三人的葬礼，我想也许在那里我们会见面的。不过，我没有见到她。"

"你在青森见亲戚了吗？"

"我的双亲早已故去了，只有一些远房亲戚。"

"那还想在故乡多待两天？不过，刚才说过，我虽然知道有故乡这么一说，却没有实感。"

"我有前科。"

"我们知道了。"

"调查过了？"

"啊，你们七个人我们都调查过了。"

"我犯罪时曾想过再也不回故乡了，但是在监狱期间我做的全是关于故乡的梦，一次也没梦见过东京。所以，我才决定参加这次归乡旅行。"

"你没有固定的职业吧？"

"是的。"

"那么回到故乡青森一直生活下去，这不是很好吗？难道非在东京生活不可吗？"

"我这次就是犹犹豫豫回来的。我去看了津轻的大海，也去了弘前，尽情地享受了故乡的气息。故乡的大海和天空的美丽景色将我包围，家乡的大自然并不因为我曾有前科而对我另眼相看。所以，我想死也要死在故乡青森。我想过，如有可能就在自己所熟悉的大海边和天空下生活下去。但是，既然要生活就要有与这相适应的人际关系，同东京相比，那里的人会出于好心而潜入他人的私生活中去，而我恰恰是没有能忍受得住这一点的自信心，所以才回到东京来的。"

"还是回到村上阳子一事上来吧。她拿的也是'夕鹤14号'的车票，是不是打算同你一起回来的？"

"不，我们没有约定，因为她说要在青森市内公演完再回来。我也想过也许我们会乘同一趟车，可我在站台上并没有见到她，我只想坐列车早些回到东京。"

"她是在候车室里被害的！我看过青森站的地图，候车室在正面入口的左侧，谁进了车站都会去候车室看看，你怎么就没有发现她在那儿呢？"

"她在哪边的候车室？"

"哪边？！"

十津川有点儿慌了，他并没有实地踏查过青森站，也只是见过阳子被害的那个候车室的位置图。于是他问道："到底是怎么回事？"

町田镇静地答道："一般提到青森站，人们都认为商店街那边是入口，其实对面也有个入口，叫作西口。那边有一条通往青函渡口的栈桥，那边也有一个候车室，我昨天夜里去那里看了青函渡船。因为我从小就喜欢坐在陡峭的岩石上，看出港的渡船，所以想最后再看它一眼，然后再去坐车。'夕鹤号'列车的车票是我事先就买好的。我从西口进的站上的车，所以我们理所当然是见不着面的了。"

　　十津川有点儿讨厌町田的这种镇静，他又问道："你有坐过'夕鹤 14 号'列车的证据吗？"

　　町田微微一笑。"证据是不足啊！车票已在上野站被收走了，我手里没有，怎么才能证明呢？"

　　"列车是正点到达上野站吗？"

　　"不，误点五分钟，车内广播是这么讲的。"

　　"还记得你的卧铺号吗？"

　　"我记得是 12 车厢 8 组的下铺。"

　　"什么时候查的票？"

　　"列车开出青森站一小时左右吧。"

　　"不记得别的什么事了吗？如果你能记得列车上发生过什么事情，就可以成为你坐过这趟车的证据。"

　　"对了，我坐的那节车厢里出了一位突发急性病的患者，这件事可以吗？"

　　"这是列车走到什么地方发生的？"

　　"过了水户站，快 7 点 30 分的时候吧。当时，卧铺已经收起来了，我对面坐着的一位三十岁左右的男人突然犯病。大概是得了阑尾炎，列车员赶来也无计可施。好在有位乘客带有氯霉素，让病人服下后躺下，又冷敷了其疼痛部位，这才稍稍止住了病人的疼痛。总之，列车一到上野站，救护车就把他接走了。这件事行吗？"

　　"要核实一下再看。"

"对不起，因为我受到怀疑，心里不太愉快。"

"另外，还有一件事想问一问，你们七人之中已经有五人死了，只剩下你和宫本，也许接下去死的就是你，你就一点儿线索都没有吗？可以是你将要被袭击的理由，也可以是其他几名朋友相继死亡的原因。"

"我一点儿也想象不出来，他们都是些好人啊！"

"你怎么看宫本孝？"

"反正他是位老老实实又勤奋的人，和我的性格正相反，我一直很佩服他。"

"他没有让你讨厌的地方吗？"

"没有。总之，我们在高中时就是好朋友。"

"你不认为会是他杀死了那几个朋友？"

十津川一问，町田像是很不理解地摇了摇头："我完全无法想象，他可不是能杀人的男人。"

"但是他来东京后的情况你并不了解啊！"

"这倒是。"

"在东京这样的大城市里生活了七年，性格也会有变化的，拿你来说，不是就没有想到进京会陷入杀人入狱的窘境吗？"

"嗯。"町田垂下眼睛应了一句。

"我说了让你不高兴的话。"

"没关系，这是事实嘛。"

"最后我还想问一点。"

"什么事？"

"听说你从前留的是长发，现在怎么剃短了？"

町田好像很不好意思，用手摸了摸理得很漂亮的头发说道："这个嘛，在青森我去了理发店，当时也是突发奇想的。"

7

十津川返回时来到上野站，在站长室里见到了"夕鹤14号"列车的车长。年近中年的小个子列车长，长着一副与龟井有点儿相似的面孔，一打听果然他也是东北人。

"那件事嘛，我记得很清楚。"

列车长"咯咯"地笑着，像是记起一件很愉快的事情。

"这是发生在列车刚开出水户站五六分钟时的事，12号车厢出现了一位患急性阑尾炎的乘客，情况危急。这人有三十多岁，是个职员。嗯，他名字叫……"列车长取出笔记本扫了一眼，"叫谷木哲也，据说是去青森出差回来。我本想让列车停车，但正巧有名乘客带有氯霉素，病人服下后又冷敷了腹部，疼痛一时减轻。所以，我让他忍着到了上野站。"

"还记得病人对面坐着的一位男士吗？"

"乘客犯病时，最先通知我的就是他，他叫町田，多亏了他去张罗才发现带氯霉素的人，为此我特意询问了他的姓名。"

"那名叫谷木的职员怎么样了？"

"在上野站用救护车送进了医院。没什么大事，据说手术都做完了。"

"应当说町田隆夫是助人为乐了？"

"是啊，我已将町田先生的事向上司汇报了。"

"能肯定这件事是列车开出水户站以后发生的吗？"

"是的，可以肯定。"

"'夕鹤14号'列车从水户到终点上野之间没有停过车吗？"

"没有。"

"也没有运转停车？"

十津川一问，列车长微微一笑。

"您连这个专业知识都知道啊！从水户到上野没有运转停车。"

"是啊。"十津川答应着。

这样一来事情就很清楚了，町田与上野站片冈清之之死没有关系。

片冈是服用带氰化钾的胶囊死去的，胶囊的厚薄固然可以"调节"服用后的死亡时间，但时差最长也就是十五六分钟。"夕鹤14号"从水户行驶到上野要用一小时五十分。这期间町田一直待在列车上，不可能使片冈服用带氰化钾的胶囊。况且，他也不可能从以时速六十到八十公里飞驰的列车上跳下来。

十津川离开上野站返回上野警察署的搜查总部，路上他得出的结论是，在上野站片冈清之被害一事中，町田是清白的。

但是，在青森站村上阳子被害一事上，町田却没有不在现场的证明。岂止是没有证明，村上阳子还是拿着与町田车次相同的"夕鹤14号"车票而死的，这真的纯属偶然吗？

两人会不会约定了同乘"夕鹤14号"列车回东京，并相约在车站候车室里相互等候呢？如果凶手就是町田，他会怎么做呢？他在候车室里见到村上阳子后，趁人们不注意将其勒死，然后装出若无其事的样子乘上列车。可是……

十津川对自己的推理也抱有疑问。本案的凶手应当是七人之中的一人，就是这个人相继杀害了自己的朋友。按此推理的话，如果杀死村上阳子的是町田，那么在上野站毒死片冈的也应该是町田。但是，从时间上讲町田又不可能杀害片冈。

十津川一反常态，一边走一边不住地轻轻摇晃着脑袋。

8

第二天，十津川带着龟井去片冈清之住的公寓进行调查。

途中，龟井对十津川说道："这次案件我真搞不清楚了。"

"怎么，连青森人龟井也不清楚本案了？"

"是啊。七年前的七个高中好友一同进京，现在久别再相逢的七人又同乘'夕鹤号'列车回故乡，结果第一人在上野站被害，紧接着第二个人在水户附近的鬼怒川淹死，第三个人在青森市内的旅馆里中毒身亡，第四个人在青森站候车室里被勒死，第五个人又在上野站被害，这明显是同一凶手连续杀人。除此以外不能考虑有别的可能性。案件如此清晰也是够罕见的，可我们却丝毫找不到凶手的动机。如果单独分析每个案件的话，其他五人不可能杀害在水户站下车的川岛史郎，至今未发现中毒身亡的桥口檀是他杀的证据，眼前这两个案件又是蹊跷得很，町田有可能在青森杀害了村上阳子，但不可能在上野毒死片冈清之，宫本孝倒可能杀死片冈，但不可能在青森杀死村上阳子。"

"我也有同感。纵观这一系列案件，我认为这个连续杀人案并不属于很清晰的案件。这七个人里一定有凶手，但单独分析又使人束手无策。"

"只剩下宫本孝和町田隆夫两人了，我认为凶手应当是他们两人中的一人。"

"确实如此。"

"不过，是否可以考虑是两个人共同犯罪呢？"

"共同犯罪？"

"是的，如果是两人共同犯罪的话，一切便都可以解释清楚了，就连新发生的这两起杀人案件，也可以简单地解释为：町田在青森杀人，而宫本在上野杀人。另外，关于川岛在水户站下车一事，宫本做证说是町田说过仙台站后就发现宫本不见了，那时另外的三个人都在睡觉。这就是说，宫本证明了列车到仙台时町田还在车上，如果是两个人共同犯罪的话，町田就有可能不是在仙台而是在盛冈重新登上的'夕鹤7号'列车。走东北高速公路虽然在仙台追不上列车，但快点儿开的话也许到盛冈能追上。"

"你是说宫本和町田是共犯？"

"不可能吗？"

"不能说不可能，但也不能完全这样考虑吧。一个人犯罪还搞不清动机呢，这共同犯罪之说，搞不清的地方不就更多了？"

"最大的问题仍然是动机吧？"龟井说道，"正像你说的，问题有很多，但我最想知道的还是连续杀人的动机，即为什么时隔七年后连续杀害昔日的同窗好友。"

"青森县警察本部方面是怎么考虑的？"

"他们和我们差不多。我和江岛警部通了电话，他说他最关心的仍是动机不明。他也是青森人，似乎对这个问题更敏感一些。至于村上阳子一案，我已请他们调查'夕鹤14号'列车开出前后的情况，如果是町田杀死了阳子，那么就有可能有人在候车室里见过他们两人在一起。——您夫人最近在做些什么？"

龟井突然转变了话题，弄得十津川莫名其妙："为什么突然提起我夫人来了？"

"您夫人很喜欢旅行，我想知道她对去东北是否感兴趣。"

"我们想等这次案件结束后就去东北旅行，现在她只好看看时刻表和影集等耐心等待了。"

"到时候我告诉你们一些一般人不知道的好地方。"

十津川像是告诫自己似的答道："谢谢。不过现在我只想找出凶手。"

从片冈开的物产店往前走五六分钟有一座公寓，片冈就住在这里面。十津川从管理员处拿到钥匙后对龟井说道："我想我们在这儿也能看到那封信的。"

"是宫本写给大家的那封旅行邀请信吗？"

"对，他写的每封信都各有千秋，给片冈的这一封一定很有意思。"

十津川虽然这么说，可并不认为根据这封信就可以推断出谁是凶手。不过通过信可以看出宫本思念朋友的心情，如果他是凶手的话，或许信的内容能有一定的参考价值。

这是一套带厨房、厕所的房子，房间里相当杂乱，与其说是因为这是男人的房间，不如说是主人的性格使然：价值几十万日元的立体声音响相当豪华，但唱片却胡乱地堆放在一起；书架和西式衣柜也是相当气派的贵重货，只是使用上很不珍惜；书架上的书颠三倒四地放着，也许正反映出主人对什么事都不在乎的性格；衣柜里挂着一溜儿英国毛料西服和大衣，一旁的脏裤子却堆成了小山。从这个房间似乎就可以看出，房间主人的买卖也不会经营得很好。

十津川和龟井一封封地查阅起书信斗里的信札，很快就发现了宫本的来信。

你好！根据七年前的约定，我制订了去故乡青森的旅行计划。从4月1日起，共用四天三晚，我也向女同学们发出了邀请信。

大家一起去青森，回忆一下我们的高中时代不是很有意思吗？

同信寄上"夕鹤7号"的车票。

再见为盼！

宫本孝

"没有什么新奇的啊！"龟井抬眼看了看十津川。

十津川也有同感。

其他信多为女性的来信，其中有死去的桥口檀写的，也有好像是酒吧的女招待写的，还有自称是初出茅庐的电视女播音员写的。有的信写得相当露骨，说什么"我怀上了你的孩子，你准备怎么办"，等等，不过，这样的信中没有桥口檀写的。

书架的抽屉里放着两本影集，里面拍的全是片冈和几个女人亲昵地依偎在一起的画面。

"太放荡了！"龟井苦笑着，合上影集。

"这么说，店里经营不好也是理所当然的了。看样子，他对其他女人也下了赌注，如果他不是被七年前的朋友所害，那嫌疑人就太多了，那可够我们忙的了！"

龟井应道："是啊。哪怕限定了凶手是町田隆夫或宫本孝，我们都不能确认是其中哪一个，这也够让人受不了的了！"

"我也有同感。最让人不可理解的是，町田和宫本都曾说也许下一个被害者就是自己，但又都咬定不知道朋友相继被害的原因。按理说，如果两人之中有一个是凶手，另一个就应当知道动机了，但另一个却说不知道，这是为什么呢？已经都死了五个人了！"

"我认为理由可以考虑这么几个。"

"你提出的宫本和町田是共犯算一个吧？"

"是的。如果是共犯，就是他们互相包庇，隐瞒动机。"

"另外的理由呢？"

"可以考虑其他六人有意败坏凶手的名声。"

"有这种可能。按这条线索，有前科的町田是凶手的可能性最大。不过，除了宫本在经过调查后得知町田有前科外，好像其他人并不知道此事。再有呢？"

"再有就是凶手在病态之中，譬如说有精神病。当然，这种可能性近乎为零。"

"可能性不能说没有，但见过宫本和町田之后，我的感觉是两人都是精神很正常的人。嗯，你以后再没有同你的那个朋友联系过吗？他和你乘坐'夕鹤 5 号'列车之后就回青森了吧？"

"你是说森下吧？那一夜他为了帮我核对案情在仙台站下车了，没有乘上'夕鹤5号'列车，后来他强行上了'夕鹤7号'列车回到了青森，运转停车原则上是不允许上人的。"

"他见到那位姑娘了吗？"

"听说见到了。"

"他回青森后将怎么办呢？"

"我也不放心这件事。"

龟井的话含糊了。森下曾说过为自己奸污了教过的学生而感到内疚，准备辞去教师的工作。老实的森下是不会打消这个念头的。但是，一直当教师的森下一旦不当教师，还会找到别的有意义的工作吗？龟井担心的就是这一点。想想自己，如果不干警察的话，恐怕就再也找不出别的什么有意义的工作了，他之所以没有同回到青森的森下联系，也正是出于这种担心。不过，自己再怎么担心也没有用。况且，自己已经陷入了现在这个连续杀人案的旋涡之中了。

龟井恢复到警察的思路中，他问十津川："现在怎么办？"

"我们需要搞清楚凶手是否有可能在水户站下车杀害川岛史郎，然后在仙台站赶上同一趟车。另外，凶手是否在青森市旅馆里制造密室杀人，这事无法再委托青森县警察本部调查了。再有，这次在青森和上野连续被害的两个人，如何和凶手联系到一起也是个问题。如果宫本或町田是凶手的话，恐怕紧跟着就要杀害最后一个人了，务必防止此事的发生。委托青森县警察本部调查町田在青森那两天的所有行动。"

"把这两个人都监视起来吗？"

"问题就在这里，凶手一旦知道自己受到监视就会停止行动。正因为我们不知道谁是凶手，所以应当在他袭击第六个人时逮捕他！"

"这样当然最理想不过了，但万一最后一个人也被杀害，那我们的责任可就大了！"

"我明白。所以全靠你了，龟井君！跟踪是很麻烦的事，就请你去办吧。"

"是很难啊，我干着看吧！"龟井神色凝重地答应了下来。

第十章

突破口

1

县警察本部在青森站的候车室里，设置了这样一块告示牌：

4月10日深夜，本候车室内有一名二十四岁的东京女性被勒死。如有人见过这位女性身旁曾有形迹可疑的人，请火速通知县警察本部。

告示牌上还贴了一张村上阳子的面部照片。

当然，三浦警察等人没有全指着有人来报案，他们也分散到车站周围到处探听。

还有一个警察们必须解决的问题，那就是在旅馆里中毒身亡的桥口檀一案。这一案当初曾以自杀处理，但随着案情的展开，桥口檀的死不能再认定为自杀，而应当看作被人毒杀。再进一步说，肯定是活着的宫本孝或町田隆夫两个人之中的一个毒死了桥口檀。

但是，如果说是他杀的话，为什么那个房间处于密室状态呢？房间的门上了锁而且挂着门链，就是用钥匙都打不开。遗书也是个问题。留在屋里的那封信明显是遗书，而且是桥口檀的笔迹，无法想象这是被人强迫书写的。如果是他杀，桥口檀为什么要写遗书？最后是药的问题，为什么现场留有如今市场上根本不出售的安眠药瓶呢？

派出去探听的人，取回来了几份证言，看过告示牌的市民也纷纷打来电话或寄来信，但没有一条有价值的线索。有的说那个女人曾被一位中年男人纠缠过，有的说曾见过这个女人醉了，还有人寄信来说看见两个暴力团的成员把这个女人抬进了候车室，等等。总之，没有一个可信的，因为凶手必须是一个二十四岁左右的男人，而且从尸检结果看村上阳子根本就没有饮过酒。

4月10日下午3点至5点，村上阳子曾以城香的艺名出现，在市内电影院里进行公演，警方收到的大多数证言都是在电影院里见过她。这一情况警方此前就已掌握，所以这些证言根本没什么用。

三浦对江岛警部说道："请他们帮助一下吧？"

"他们？"

"就是'老年侦探团'那伙人。"

"啊，是那些老人啊！他们都是年过七十的人了，能发挥什么作用吗？"

江岛虽这样说，但还是表示了同意。

"最先发现村上阳子死的就是他们！况且，他们就像是候车室的主人，从某种意义上讲他们是情报站，也许有些人有些话不便对警察讲，但对他们讲就很放心，毕竟还是老年人善于应答啊！"

"这事你负责好了！"

"谢谢！"三浦低头行了个礼。

三浦立即赶到青森站。候车室里那几个老人仍像往常一样坐在一起。他向其中一人——曾当过警察的北村讲明了来意，恳请他们予以协助。老人们的表情一下子都变得严肃起来，七嘴八舌地议论着。

"就是搜集情报吧？"

"只搜集警方喜欢的情报吗？"

"我认为要搜集各种情报，以便让警察了解情况！"

三浦笑着制止住大家的议论："情报的取舍可以由你们来选择。再说明一点，杀害那位女性的，应该是年纪与她相仿的年轻男子，时间大概在'夕鹤14号'列车发车时间的夜里11点30分左右至凌晨2点。"

北村老人代表这些老人答道："明白了。贵姓？"

"我是县警察本部的三浦。"

"啊，三浦君，我们会进行彻底的调查的，请你放心！"北村似乎又恢复了做警察时的激情。

三浦告别老人们回到搜查总部，江岛对他说道："刚才东京来了电话。"

"弄清什么了？"

"不，是委托我们进行调查。他们想知道町田在青森的两天里都干了些什么。町田告诉警察说，他参加了安田章、川岛史郎及桥口檀的葬礼后在市内闲逛，去看过大海，还去了弘前。"

"我调查一下看吧。"

三浦首先拜访了安田章、川岛史郎和桥口檀的家，各家均因失去了儿子或女儿而沉湎于悲痛之中。其中被认为是杀害安田章后而自杀的川岛史郎的家中，更是被一种阴郁的气氛所笼罩。

这是一家传统的农村家庭，川岛史郎五十七岁的父亲在向安田章家道歉之后竟企图自杀，幸亏及时得到抢救，现仍在住院。三浦来访时，接待他的是川岛史郎的姐姐——二十八岁的友子。她原在附近的农协工作，一听说弟弟是杀害了朋友而自杀的，便辞去了农协的工作。

三浦告诉友子说："关于你弟弟杀害了安田章一事，是不确定的。"

"真的吗？"友子的脸色一下子就变得开朗了。

"真的。"

"太好了！住院的父亲一定会非常高兴的。"

"在举行你弟弟的葬礼时，川岛君的朋友町田曾经来过吗？"

"是的，他带来了香奠，还一起带来了片冈先生的那一份。"

"当时他说过葬礼后要去什么地方吗？"

"他说不着急回去，而且他也不相信我弟弟真的杀害了安田先生。他说葬礼结束要去恐山，说完便马上离去了。"

"恐山？"

"嗯。"

"他说去干什么了吗？"

"他说去那里散散心。"

"町田君来时是什么时间？"

"10 日的下午 2 点吧。"

友子拿出町田送来的香奠袋递给三浦看，袋上确实写着町田的名字。

三浦回到搜查总部后，向江岛警部汇报了这件事。江岛立即给东京警视厅的十津川打了电话。

十津川在电话的另一头问道："恐山？"

"是的，就是下北半岛的恐山。"

"奇怪啊。"

江岛有些不解地问道："有什么奇怪的？恐山是青森县的名胜之一，久别回乡的町田去一下那里，这并不奇怪呀。"

"我不是这个意思。我曾反复问过町田，但他根本没有提及去下北或恐山一事。其实即使去了也不奇怪，但他何必在我询问时隐瞒呢？我是觉得这一点可疑。"

"这倒是。"

"恐山是因有盲目巫女而出的名吧？"

"是的。据说那些盲目巫女有招回死者灵魂的能力，一些迷信的人为了能听到死去的朋友的声音，特意前去拜访巫女。"

"町田也是为此而去的吗？"

"这件事需要调查一下。"

江岛放下电话，在一旁听着的三浦问道："町田会不会就是凶手，他是为了听被自己杀害的朋友的声音才去恐山的？"

江岛摇了摇头："不会的。如果他这么干就说明他是个懦夫，如果他是懦夫就不可能干出杀人的事。可现在我们是把町田当作凶手的啊！町田的双亲已经故去了吧？"

"是在他上大学二年级时故去的。"

"家里还有其他人吗？"

"这还需要调查一下。"

三浦说完用外线电话询问了一下，然后说道："我请派出所查了一下他的户籍，町田曾有个姐姐死于某年的 5 月 20 日，就是町田上高中三年级那年。"

"那么就是七年前发生的事了？"

"对，现在町田家里已经没有其他人了。"

"他姐姐是病死的吗？"

"户籍上没有注明，要调查吗？"

江岛说道："为了慎重起见，你去调查一下吧。"

三浦马上出发了。大约两个小时后，他从所去的地方打来电话说道："町田姐姐的死因搞清楚了。"

"是病死的吗？"

"她的邻居都这么说，但实际上是自杀的。警方在当时写了一份很简单的证明书：町田由纪子，十九岁，服毒自杀。"

"自杀的原因呢？"

"我见到了当时的检察官，他也说不清楚自杀的原因，可能是因身体不好而感到悲观才自杀的。"

"她才十九岁啊！"

"町田会不会是想听听他姐姐的声音才去恐山的？据说他们姐弟之间的感情很深。"

"也许如此，可这毕竟是七年前发生的事了。"

"是啊。"

"你再调查调查，搞清她自杀的原因。"江岛说道。

2

一天的时间很快就过去了。4 月 13 日，北村等老人来到搜查总部。北村老人站在排头，九名老人整齐地排成一列，倒也颇为壮观。

北村在路过走廊和调查室时，颇有些怀旧似的与朋友们讲述着自己的过去，大有自吹自擂的架势。

三浦笑着招呼道："北村前辈，是不是要告诉我搞清了什么？"

北村像是一下醒悟过来似的答道："是的，我们就是为这个来的。"

"发现什么了吗？"

"发现了，而且发现了你们最想找的目击证人，我们还取得了证明书。"

"证明书？"

"对，都让他签字了，这样就成了材料性的东西了。"

说着北村老人从容地从内衣口袋里取出一个信封交给三浦，信封上写着：证人询问证明书。

信封中有两张信纸，上面这样写着：

　　本人叫小池丰一郎（五十二岁）。4 月 10 日，为接乘坐"初雁 11 号"列车从东京来的外甥，我到达青森站，时间是夜里 11 点 10 分左右。因为来得太早，下车后我便进了候车室。当时候车室里有五六个人。我正坐在椅子上吸烟时，一个年轻的男人搂着一个年轻女人走进候车室。女方好像喝醉了，脚尖摇摇晃晃地吊着。那个男人一边小声地说着"没办法啊"，一边把她放在角落的椅子上。等她坐好后，男的独自走出了候车室。这时，因为"初雁 11 号"到站，我便接外甥去了，所以没有把这一对男女的事情放在心上。后来我便开车回家了。事后我从报纸上看到案件，回忆了一下，根据被害者村上阳子的穿着及其他信息，我敢肯定，她就是我见过的那位女性。那个男人年龄有二十四五岁，身高一米七五左右，身穿茶色的短旅行上装，两人进入候车室的时间是夜里 11 点 15 分左右。我发誓决无说谎。

小池丰一郎

"我能马上见见这位小池先生吗？"

"可以。他是西服店的老板，我让他在电话旁等着呢！哪位去打电话叫他来？"

北村向朋友们招呼了一声，马上有一位老人借用屋里的电话进行了联系。二十分钟后，西服店的老板小池丰一郎来到了县警察本部。

气喘吁吁赶来的小池瞪大了眼睛问三浦："我能帮上警察的忙吗？"

"如果写在这上面的是事实，就是帮了我们的大忙了！"

"对天发誓，这些全是事实！"

"你到达青森站时肯定是夜里 11 点 10 分吗？"

"肯定。我是提前一小时去接'初雁 11 号'的乘客的。因为'初雁 11 号'列车到达的时间是 0 点 13 分，我错记成夜里

11点13分了。"

"你见到的那位女性肯定是村上阳子吗？"

小池得意地说道："驼色的短大衣，短靴子，靴子的颜色是白色的，大衣里面是白色的连衣裙。另外她还带着手提包和一只白色的旅行皮箱。我是开西服店的，所以对一个人的打扮只要稍稍一看就会记住的。"

"那个男的是什么穿戴？"

"茶色的短旅行上装，裤子是灰色的法兰绒——我注意到他的裤子有点儿短，靴子是黑色的。都是上等货。"

"留的是长发吗？"

"是的，一直披到肩上，乍一看很像一位艺术家。"

三浦想到，这个人就是町田隆夫，因为这个形象与自己当初见过的町田无论是服装还是蓄的长发都完全相同。不过，为了慎重起见，三浦还是将町田的照片混在一些年龄相仿的男人照片中让小池辨认，小池立即指出了町田的照片。

3

龟井和日下警察负责监视町田的住所，宫本则由西本和清水负责。

青森县警察本部送来了报告，说是已找到4月10日夜里看见町田和村上阳子在一起的目击者，目击的时间是夜里 11 点 15 分左右。这样就基本上可以肯定，町田杀害了村上阳子后，乘坐"夕鹤 14 号"列车前往上野。

但是……龟井虽然监视着町田住的公寓，心中仍有许多不解之处。如果町田确实乘坐了"夕鹤 14 号"列车，那么在上野站片冈清之一案中他就是清白的。

日下悄声耳语道："龟井君，町田出来了！"

大概是有约会，町田频频地看着手表向车站走去。两名警察跟踪上去。町田去的方向是上野，他乘山手线在上野下车以后，直奔上野站的中央检票口。这时的时间是将近傍晚 6 点钟。

日下两眼紧盯着混在人群中的町田问龟井："町田会不会再去青森？"

"不会的。他空着手，所以不断看的应该不是发车时间而是到达时间，大概是来接人的。"

"接谁呢？"

"不知道，按说他已经没有亲属了。"

傍晚 6 点 09 分，"初雁 6 号"列车准时由青森到达上野，旅客们蜂拥着下了车，站台顿时被人铺满了。站在检票口旁边的町田向人群里招了招手，看来他真是来接乘这趟车的客人。一个二十二三岁的姑娘提着小型旅行皮箱走出检票口，向町田微微一笑。町田接过对方的旅行箱，搂着她的肩膀向站外的咖啡馆走去。

"町田接的是她呀！一个二十四岁的男人有个恋人也不奇怪嘛。"日下耸了耸肩。

"……"

"怎么了？龟井君，你认识那个女的？"

"啊，认识。"

"那个姑娘是龟井君的朋友？"

"不，我只是认识而已。她的名字叫松木纪子，今年二十二岁。"

"也是青森人？"

"对。她从青森的高中毕业便进了京，曾因被一个男人欺骗而刺伤对方，当时根据情况量刑，判她缓刑。"

龟井没有讲出森下的事。

町田和松木纪子在咖啡馆角落的一张桌子旁坐下，几乎是脸贴着脸说起话来。

龟井和日下在咖啡馆外等待着两人出来。日下小声说道："如果那个女的是共犯的话，前后案件就吻合了。"

确实如他所说，如果町田在青森杀害村上阳子，他的情人松木纪子在东京毒死片冈清之，案件的前后就吻合了。日下就像已经确认松木纪子是共犯，又接着说道："这姑娘长得相当漂亮，所以能轻而易举地使贪图女色的片冈清之吞下那毒胶囊！"

看到龟井沉默不语，日下又说道："如果认为水户站杀人一案也存在共犯的话，不就更可以解释清楚了吗？也许4月1日那天这位姑娘与那六位朋友一起乘坐了'夕鹤7号'列车，当列车快要开到水户站时她引诱川岛史郎下车，后来又把川岛带到鬼怒川边杀害了。而町田则是一直坐在车上到达青森，根本不存在什么在仙台站再次上车的问题。"

"确实如此，不过……"

"你不同意？"

"要委托青森县警察本部调查一下，松木纪子究竟在青森待到哪天，如果她4月10日夜里至11日早晨一直在青森的话，她就不可能在东京毒死片冈清之。"

4

十津川接到龟井打来的电话后，立即打电话给青森县警察本部，请求协助调查松木纪子的情况。

江岛警部说道："我们已经知道她是H高中毕业的，而且是森下教过的学生，我想能很容易地查清她的住址。"

十津川说了声拜托后又问道："你们找到的目击者是叫小池吧？"

"对。这位证人很可靠，他确实看见了对方。有什么可疑之处吗？"

"我也认为证人很可靠。他是说他见到的男人留着长发吧？”

“是的。他证明说是留着披肩发，肯定是町田隆夫。”

“青森的理发店几点关门？”

“这个嘛，大部分是晚 8 点关门，这件事怎么了？”

“证人小池是在 4 月 10 日夜里 11 点 15 分见到留长发的男人，如果此人是町田隆夫的话，那么町田在登上 11 点 35 分发车的‘夕鹤 14 号’列车时应仍留着长发。但是，第二天在上野站下车的町田却是留的平头。我问过他此事，町田一口咬定他在青森去了理发店。”

“真的吗？”

“是的。”

“嗯。”江岛哼了一声。

“不过，我见到他时不是在上野站，而是在他的住所，也许他是到东京后才去理发店的。”

听到十津川好像安慰的话，江岛松了一口气说道：“大概如此吧。”

青森县警察本部于第二天（14 日）下午来了电话，通报了关于松木纪子的调查情况：

　　松木纪子，二十二岁。她的母亲健在，另有一个姐姐和一个弟弟。姐姐今年二十四岁，在市内一家百货公司工作；弟弟十七岁，是高中三年级的学生。松木纪子于 4 月 2 日回乡后，一直在家待到 4 月 12 日。由于是时隔四年才回故乡，她拜访了高中时代的朋友。4 月 10 日至 11 日，她去见了一位昔日的同窗好友——冢原爱子。由于聊天过久，当夜她住在这位朋友的公寓里，公寓管理员曾于 4 月 12 日见过松木纪子，所以此事可以肯定。

十津川感到有些失望，町田同松木纪子是共犯的假设不成立，大概也会使龟井和日下感到失望的，因为只有这两个人是共犯才能合理地解释整个案情。

"松木纪子是 4 月 2 日到达青森的吧？"

"是的，据说她姐姐特意请假去车站接她，有意思的是，她也是乘蓝色列车 ① 回来的。"

"这么说乘的是'夕鹤 7 号'列车了？"

"是的，松木纪子乘的就是宫本孝他们乘的那趟车。"

"松木纪子确定是乘'夕鹤 7 号'列车回去的吗？会不会是下一趟的'夕鹤 9 号'呢？"

"不会的，她母亲也说，松木纪子曾打电话告诉家里，她是坐上午 8 点 50 分进站的'夕鹤 7 号'列车到达青森。"

"是很清楚。不过是否考虑过她母亲也说谎了呢？如果松木

---

① 因为"夕鹤号"夜行列车的车体大多呈蓝色，故称蓝色列车。

纪子坐的是'夕鹤9号'列车的话，问题就好解释了。"

"您是指在水户死去的川岛史郎一案吧？"

"对。如果町田和松木纪子是共犯，那案件就可以解释为：松木纪子在水户站和川岛史郎下了车，杀死川岛之后她乘下一趟'夕鹤9号'列车回到的老家。"

"可是遗憾得很，松木纪子确实是乘'夕鹤7号'列车回青森的。之所以这么说，是因为有一位家住松木纪子家附近的很熟悉她的妇女，在去车站接乘'夕鹤7号'列车回来的儿子和儿媳妇时，曾亲眼见到松木纪子。她还和纪子说了话，什么'好久不见了'。这位女士完全没有说谎的必要。而且，她的儿子和儿媳妇确实在'夕鹤7号'上见到了松木纪子，所以可以断定这件事没错！"

"是吗？！"

十津川挂上了电话，心想，这下子案情又回到了原来的状态。

5

正在进行侦查的龟井和日下很快知晓了青森方面的调查结果，日下遗憾地说道："共犯这条线算断了，我原以为町田同这个女人一定是共犯呢！"

龟井的眼睛盯着町田住的公寓问道："宫本孝那里的动静怎么样？"

"西本报告说，宫本每天 9 点到事务所上班，一下班便径直回自己的住处，这种生活规律至今没有变化。"

龟井突然说道："我想去见见他！"

"见谁？"

"町田！去见町田呗！"

"等等！你一见他，就会使他警觉起来的，龟井君！"日下慌忙抓住龟井的手腕。

"我知道。但我想，必须要搞清松木纪子和町田是怎么结识的。搞清这一点，也许就可以判断出町田是否是凶手。"

"不经过警部的许可行吗？"

"没时间了！町田如果是凶手，也许就会在今天杀死宫本；相反，如果宫本是凶手，也许也会在今天杀死町田的。不要紧，我就说是偶然在上野站见到他。你在这里等着。"

龟井话音一落就径直朝公寓走去。

龟井敲响了町田的房门。町田打开门后，龟井发现虽然已时近中午，但六张榻榻米大的房间里仍铺着被褥。

"我可以进来吗？"

龟井说完，町田慌忙将被褥卷成一团推向墙角说道："请，请！"

龟井盘腿坐在地上说道："昨天傍晚我为安田章被害一案再

次去勘查现场，在上野站偶然见到了你。"

"是吗？那你一定也见到她了？"

"是的。能告诉我她的名字吗？"

"她叫松木纪子，二十二岁。"

"她非常可爱呀！"

町田高兴地说道："是的，她也是青森人，是个漂亮的姑娘。"

"叫松木纪子？是这次回青森时结识的吗？"

龟井问过之后，町田稍稍考虑了一下说道："警察反正也要调查到她的，我就实话实说吧！你们知道我杀过人，也就是说有前科。我时常想回故乡，但由于这事的牵连又不能回去。因为高中毕业从青森出来时，我是抱着一定要衣锦还乡的打算的。也正因为如此，我的内心才变得非常苦闷，所以更懒得回青森了。一年前的夏天，我再次想回故乡，便去了上野站，但是却无论如何也不敢坐上开往青森的列车。这时有一名姑娘也同我一样，带着难受的心情注视着不断开出的列车。一小时，两小时，她拎着大衣目送着列车。我想她大概和我的情况差不多，便和她聊起来。一交谈她果然同我一样有伤人的前科。大概是同病相怜吧！我们的关系一下子变得亲近了。"

"你们乘4月1日的'夕鹤7号'列车回青森时，她也乘同一趟车回乡了吗？"

"是的，我们在闲聊时曾经约定一起回故乡，因为我们想，如果两个人一起回去，即使在故乡被人看不起也能挺住。"

"你们在青森时见过面吗？"

"见过。"

"这次她为什么没有和你一起回东京呢？"

"我几乎没有亲属，而她的母亲和姐姐、弟弟都在，她自然要晚回来了！"

"你没有和你们七人小组的朋友谈起过她的事吗？"

"没有。我本想让她与大家交上朋友，但这些人都相继死去了。我准备最近就向宫本孝介绍。"

"她是哪个高中毕业的？和你一样是那所县立F高中的吗？"

"不，是H高中。"

龟井像是初次听说般说道："哦，H高中吗？我也是H高中毕业的，毕业后就进京当了警察。"

"是吗？那您就是她的前辈了。"

"我有个同班同学，名叫森下，就在母校当教师，你从她那里听说过森下这个名字吗？是教英语的，多半还教过她呢！"

"森下老师？"

"对，叫森下。"

"没听说过。再见到她时我问一下，我想她应当知道的。"

"啊，我也想知道森下的情况。"龟井说道。他虽然一直忙于破案，没有和回到青森的森下联系过，但他的心里还是惦念着森下。所以，明知对方会有所警觉，龟井还是在询问松木纪子的同时问起了森下。

町田对那个女人的事似乎没有说谎，很爽快地道出她的姓名以及有前科的事，就连一年前在上野站相识一事，好像也不是谎言。当初调查时，龟井曾听说松木纪子一年前对自己的房东夫妇说过要回青森，而且坐出租车去了上野站，恐怕她就是在那时与町田相识的吧？

但是，町田说不知道森下这个人，这是事实吗？森下回到青森时，曾对龟井说他见到了松木纪子，并说松木纪子已经原谅了他。对她来说，这肯定是一个重大的决断。既然如此，她应该向町田说起过森下。一般来说，普通的恋人，总是会各自隐瞒过去受过的创伤，但他们两个人连自己有前科的事都告诉了对方，恐怕他们要比普通的恋人更能理解彼此，无论有什么难言的苦衷，他们都会相互倾吐。因此，町田说他根本没听说过森下这个名字，这一点总令人感到不合情理。

6

"没有出路了吗？"

十津川在空荡的搜查总部中自言自语。为监视町田隆夫和宫本孝，他的部下几乎倾巢出动，而町田和宫本至今没有任何行动。当听说町田有个叫松木纪子的恋人时，他曾试图证实这两人是共犯，并为即将解开谜团而感到高兴，但结果只不过是空喜一场。十津川为自己不能动窝儿而感到焦躁不安。

这时，一名年轻的警官探头到屋里，招呼十津川道："警部！"

"什么事？"

"夫人来了。"

"夫人？！谁的夫人？"

"警部的夫人啊！"

"我的？"

十津川显得有些狼狈，其实这种事并没有什么可狼狈的，但他和大多数日本中年男人一样，对自己的夫人到工作场所来总感到不好意思。

"真没办法。"十津川紧皱着眉头，对和他一起看家的早川警部补说道，"我去一下。"

十津川走出房间来到走廊里，妻子直子穿着件驼色女式西服，正在安闲地看着一本列车的照片集。她那身西服还是十津川作为生日礼物特意为她买的。

"什么事？"十津川威严地站住，极不高兴地招呼了一声。

直子知道，当部下们忙于搜查和跟踪而累得两腿发软时，这个指挥者却悠闲地会见夫人，这种内疚心情使得十津川不高兴，便连忙说道："我有点儿事。"

"我们现在正调查连环杀人案呢。"

"知道。我的事也是关于这个案件的。"

"关于案件?"

"别站着,坐下吧?"直子微微一笑,"我的话就五分钟!"

"可是除了登报的内容以外,你并不了解这个案件啊? 连负责调查的我们至今还连连碰壁呢,你作为外行人能知道多少呢?"

听说谈话的内容涉及案件,十津川对直子的态度马上变得温柔起来,刚才那份内疚心情也略有放松。

"当然,我并不知道谁是凶手。不过,我曾经很想去东北,觉得那里至今仍保留着日本当年的美丽风光。"

"案件一破我就带你去。"

"谢谢。为了这件事,我总是看东北的照片,想着坐哪趟车去好。看到夜行列车的照片之后,我想还是从上野站乘'夕鹤号'列车去最好。你们的这个案子最初不就是发生在'夕鹤号'列车上吗?"

"最初是发生在去青森的'夕鹤7号'列车上,最后又发生在来上野的'夕鹤14号'上。不,最后怎么样还不知道呢。"

"我发觉这个'夕鹤号'列车很有意思。当然,警察们也许早就注意到了。"

"什么事情?"

"'夕鹤号'列车是行驶于上野至青森间的夜行列车,全部都是卧铺车,有1至14号。其中奇数号1、3、5、7、9、11、

13号为下行车，偶数号2、4、6、8、10、12、14号为上行列车。"

"这些事嘛，连我这个东京人都知道。"

"我原以为，既然全是夜行列车，又都是卧铺车，而且全部为特快列车，所以'夕鹤号'列车应当都是蓝色列车。"

"不全是蓝色列车吗？"

十津川感到一阵纳闷儿。"夕鹤号"列车都是行驶于上野至青森间的特快卧铺列车，难道还存在什么不同之处吗？

"这是不对的。用电力机车牵引的卧铺车，才是所谓的蓝色列车，车体一律涂成蓝色。就是这样的。"直子打开照片集让十津川看。

照片集里全是漂亮的彩色照片，在一张题为"东北之夜的主要角色——'夕鹤号'列车"的照片上，一列挂着"夕鹤"标志的蓝色列车飞驰在深夜的轨道上。

直子翻开下一页，接着说道："'夕鹤号'列车并不全是蓝色列车，还有一种叫作电车，是像新干线那种前后带有起动车的卧铺特快列车。因为这种车体的颜色不是蓝色，所以不叫蓝色列车，它叫'夕鹤号'特快电车。"

在一张照片上这样写着："结束了夜间旅行，终于到达了终点站上野。行驶中的'夕鹤号'上行列车。"

这张照片上的特快电车的颜色确实不是蓝色，而是以白色为主，中间带有一条蓝带。

"在下行列车中，1、3、5号是特快电车，而7、9、11、13

号是蓝色列车。"

"……"

"怎么了？"

"你带时刻表了吗？"

"没有。不过时刻表上写的都是'夕鹤号'列车。"

"好了，你回去吧！"

十津川送走直子后急忙跑回搜查总部的房间。

早川警部补笑着问道："夫人有什么事吗？"

"时刻表在哪里？"

"给夫人拿时刻表吗？"

"时刻表！"

十津川像是在怒吼，他把书架翻了个乱七八糟，终于找出书里面的时刻表。

正如直子所言，时刻表上仅记着"夕鹤"的 1 至 14 号，并没有标明特快电车和蓝色列车之别。

十津川突然招呼道："喂，早川君！"

"什么事？"

"你马上去叫龟井君回来！"

"啊？！"

"去叫龟井君，让他无论如何结束自己手中的工作！"

7

龟井带着莫名其妙的表情回到搜查总部，十津川忙说道："你现在马上和我去上野站！"

"干什么去？"

"现在是晚上 9 点 20 分，马上去也许能赶上'夕鹤 7 号'列车。"

"要坐那趟车吗？"

"对，我想进行一下试验，看看凶手是否能同川岛史郎一起在水户站下车，将其淹死以后，再从仙台站重新登上这趟列车。"

"这个问题我以前已乘坐'夕鹤 5 号'列车进行过试验了！"

"是的。"

"当时的结果很清楚，司机开得那么快还是差了四十分钟，这事我已经汇报过了。"

"我知道。可是你用于试验的是'夕鹤 5 号'列车，而不是'夕鹤 7 号'列车。"

"这倒是。不过，它们同样都是特快卧铺列车，走的又都是上野到青森同一区间。"

"这我也知道。为了慎重起见，再乘坐'夕鹤 7 号'试验一次不是更好吗？案件毕竟是发生在'夕鹤 7 号'列车上，而不是发生在'夕鹤 5 号'列车上嘛。"

十津川说着起身走出房间，龟井紧跟其后。

到达上野站后，龟井买了到青森的特快卧铺票。"夕鹤 7 号"列车只挂一节一等卧铺车厢，一等卧铺票早已售完，不过，买二等卧铺票还是很容易的。

龟井不明白十津川的意图。确实如十津川所言，他上次试验时乘坐的是"夕鹤 5 号"列车，而不是发生案件的"夕鹤 7 号"列车，但这两趟车毕竟都是同样的特快卧铺列车啊！

"夕鹤 7 号"列车和往常一样，21 点 53 分由上野站发车，23 点 27 分准时到达水户站。

两人在这里下了车，当他们走向出租车停车场时，突然听见有人招呼"警察先生"，循声望去，只见一名出租车司机正在向他们招手。他正是龟井上次做试验时开快车去仙台的那名年轻的司机。

龟井忙向十津川介绍，十津川笑着说道："太凑巧了，就让这位司机再为咱们开车到仙台吧？"

龟井和十津川坐进汽车，对司机说道："和上次一样开吧！先走 50 号国道到鬼怒川边，休息五分钟后，从佐野的高速公路入口进入东北高速公路，高速开到仙台。"

"两次都干一样的事，你们究竟是在调查什么？"

十津川接过话头来答道："调查杀人案件！"

司机一下子缄口不语了，默默启动了汽车。大概是这样的回答使他既感到吃惊，又感到兴奋吧。

汽车沿着深夜的 50 号公路，飞快到达鬼怒川边，停车五分钟后，又继续驶向佐野的高速公路入口，从这里进入了高速公路。东北高速公路上和往常一样，车辆极少。

司机问道："要比上次开得再快一些吗？"

十津川回答道："和上次一样就行。"

龟井看着高速公路上不断变换的路标，对十津川说道："可别又和上次一样，在仙台站仍然赶不上列车！"

十津川十分沉着地答道："到仙台站看看吧，谁知道呢？"

"可是警部，出了高速公路进入仙台市内后，到国铁仙台站还有一大段路呢！"

出租车驶出仙台的高速公路出口，穿过深夜空无人迹的市区，奔向国铁仙台站。不一会儿就能够看见仙台站的三层大楼了。

汽车横在了站前，十津川付过车费下了车。龟井在通过检票口时焦急地看了看手表，说道："从水户到这里所用的时间和我上次试验时几乎相同，仅缩短了四分钟，看来怎么也赶不上了。"

"是吗？"

两人走上设在车站二楼的东北线站台，站台上连一个人影也没有，当然也见不到"夕鹤 7 号"列车的蓝色车体。

"警部，到底还是没赶上！"龟井叹了口气。

十津川看着站台上的大钟答道："也许'夕鹤 7 号'列车还没来呢！找工作人员确认一下吧。"

"我看不会有这种事吧？"龟井对十津川说的话十分不解，他向从客运值班室里走出来的小个子客运员问道："'夕鹤 7 号'列车已经开走了吧？"

他本以为对方会做出肯定的回答，但客运员看了看站台上的大钟回答道："还有三分钟进站，在这里运转停车，不上下旅客！"

"还没到？！"龟井惊讶地盯着客运员那张戴着眼镜的圆脸，又追问了一句，"我问的不是'夕鹤 9 号'列车，而是在它之前的'夕鹤 7 号'。"

客运员微笑着答道："是的，'夕鹤 7 号'列车马上就进站，在这里运转停车两分钟！"

"谢谢了！"龟井回到十津川身边，不解地摇了摇头。

"怎么样，赶上了吧？"十津川微微一笑。

"是的。真叫人弄不明白，上次试验也是晚了约四十分钟，今天出租车用的时间和上次差不多，今天却赶上了，原因究竟是什么呢？"

"因为上次是'夕鹤 5 号'，今天是'夕鹤 7 号'。"

"但是，它们都是'夕鹤号'列车啊，同样是特快卧铺列车啊！"

"我过去也认为，同样是'夕鹤号'列车的话，行驶于上野至青森之间所用的时间就应当相同。所以，你乘坐'夕鹤5号'列车做试验时，我也以为可以。其实不然，'夕鹤号'列车分蓝色列车和特快电车两种：'夕鹤5号'是特快电车，'夕鹤7号'则是蓝色列车。两种车的结构是不同的！"

"我明白了，没想到同是'夕鹤号'列车，所用的时间却不一样。"

"为了慎重起见，我已查看过时刻表，作为特快电车的'夕鹤5号'列车，21点40分由上野发车，到达青森是第二天早晨7点05分，这区间需走九小时二十五分；作为蓝色列车的'夕鹤7号'列车，21点53分由上野发车，到达青森是第二天早晨8点51分，需用十小时五十八分。所以我考虑，'夕鹤7号'列车到达仙台站的时间也一定要比'夕鹤5号'长一些。"

"是这样啊？！"龟井瞪大了眼睛，"我这个青森人怎么就没注意到这点呢！我去问一下列车从水户到仙台所需要的时间。"

龟井掏出警察证件，让刚才那个客运员看了看，然后问起"夕鹤5号"和"夕鹤7号"列车的差别。

"'夕鹤7号'列车在水户至仙台这个区间内，要比'夕鹤5号'列车多用四十六分钟，所以在汽车速度相同的情况下自然能赶得上'夕鹤7号'，事实上，凶手也确实赶上了。"

"4月2日'夕鹤7号'列车在这里运转停车时，是否有人拿着这趟车的车票强行上车了？"

"4月2日？"客运员看了一下渐渐驶进站台的"夕鹤7号"列车答道，"是有一对情侣在东京误乘了，他们坐汽车赶到了这里。我觉得他们怪可怜的，就让他们上车了。"

"这对情侣长什么样？"

"男的有二十四五岁，女的好像更年轻一些。"

龟井猛然想到，这两个人恐怕正是町田隆夫和松木纪子。

"夕鹤7号"列车的蓝色车体，缓缓地停靠在站台上，列车各车厢的窗帘都拉得严严实实的。此时正是凌晨3点40分，大部分旅客都已经进入梦乡。

龟井一副钻牛角尖的样子对十津川说道："警部，让我去青森吧！"

"你还是认为有共犯？"

"对。为了这个案件，我必须去见一个人！"

"可以，你去吧，我自己回东京。"

十津川拍了一下龟井的肩膀，然后将他送上"夕鹤7号"列车。

十津川和客运员并排站着，目送停车两分钟后再次开动的列车，然后他问："4月2日从这里上'夕鹤7号'列车的是一对情侣吧？还记得他们的样子吗？请再和我讲讲。"

"好吧。尽管是在夜里，那个男的仍戴着一副太阳镜。那个女的对我说，他们是隔了多年才回老家的，我以为这是一对新婚夫妇呢。"

"男的是留的长发吗?"

"不,就是普通的发型。两个人都披着大衣,女的紧紧地搂着男方,二人十分亲密。他们干什么事了?"

"现在还说不好干了些什么。"

"我看那两个人不像是干坏事的人。"好心眼儿的客运员感到非常疑惑。

要在往常,十津川一定会说"好人也会杀人的"。可今天他只是耸了耸肩,因为他仍不清楚凶手的动机。不过,他觉得町田隆夫就是凶手,而且肯定在和一年前结识的松木纪子恋爱。然而,町田为什么要残忍地将高中时代的朋友一一杀死呢?这实在叫人弄不明白。

8

东京早已是樱花盛开的时候了,而龟井到达青森的那一天早晨青森却飘起了雪花,不知是因为冬天赖在这儿不想离去的缘故,还是因为严寒再次返回了青森。不过,龟井倒是更喜欢雪中的青森,夏日的青森似乎就没有了东北的特色。

龟井在站内餐厅里吃过早饭,然后从电话簿上查出森下的电话号码,但他却不想马上拨动号盘。他的心情异常沉重,又犹豫了很长时间才决定还是要见一见森下。于是,他向电话机里投入几枚十日元的硬币。

首先接电话的是森下的妻子。森下马上接过电话，高兴地说道："你终于来了！不到家里来吗？我开车去接你。"

"不了，我想咱们俩单独聊聊。"

"这么早，酒馆大都没开门呢！"

"早餐我已在车站餐厅里吃过了，咱们就在咖啡馆里一边喝茶一边聊吧！你到车站旁边的咖啡馆来吧！"

龟井的语气很坚决。在电话另一端的森下似乎感觉出了这一点，只好表示同意："明白了。我马上到。"

龟井接着又补了一句："车站旁边有家叫'津轻'的咖啡馆，我就在那里等你！"

这是一家很小的咖啡馆。也许是因为时间的缘故，这会儿的咖啡馆里还没有客人。龟井在窗旁坐下，要了一杯咖啡，观赏着外面飞舞的雪花。如果是洗过温泉之后，再和森下一起一边对酌一边赏雪，那该多快活啊！这个想法掠过了他的心头。他暗自下了决心，等这个案子一结束就休假，回到久别的故乡来。和辞去都市工作的森下对酌一场，好好地安慰安慰他。

一辆汽车停在咖啡馆前面，森下跑进了咖啡馆。

"不合时宜的雪！昨天还是好天呢！"

森下抖落运动服上的雪花，高兴地招呼了龟井一声，然后就在龟井对面坐下。

"怎么样，今晚去浅虫温泉吧？我有个亲戚就在那里做事。"

"我必须马上回东京，上次那个案子还没完呢！"龟井有意识地生硬地说道，"我见你的目的，是想确认一下以前的事，所以才赶到这里。"

"确认什么事？"

"你辞去 H 高中教师的工作了吗？"

"啊，已经递上辞呈了，我没有教育别人的资格，今后就当个农民吧。我家本来就是农民呀！"

"你说过，你见到过松木纪子吧？"

"是的，见到了。"

"在什么地方见的？"

"在东京，她没有说别的，就宽容了我。"

"当时，她没有向你介绍过一位叫町田隆夫的男人吗？"

"没有，谁也没有介绍。不过……"

"你在说谎！"

森下的脸色骤变，把要说没说的一半话又咽了回去。

龟井心疼地紧盯着森下这副模样又说道："你不是个善于说谎的人。"

"……"

"你一直在瞒着我吧？你来搜查总部找我时，说要坐'夕鹤 5 号'列车。我原想这点会对解决案件起点儿作用，但在水户站上车后，才得知无论怎样开快车到仙台站，也不可能追上'夕鹤 5 号'列车，致使侦查工作碰了壁。如果你不是在那个时间，不是在正巧能赶上'夕鹤5号'列车的时间来找我的话，我即使做试验，也一定会坐上和案件情况一致的'夕鹤7号'列车，那么案件也早就解决了！"

"我不知道啊！"

"你应当知道。你在能正好赶上'夕鹤5号'列车的时间来找我，是经过周密计算的。我以为能够一举两得，既可以同你一起回青森，又可以为侦查案件做试验，所以才上了你的当！"

"上当？不能说得这么难听吧！"

"那么说什么好呢？事到如今我倒想起来了，你在高中时就有坐火车的兴趣，而且当教师之后，又因修学旅行什么的经常进京。所以你很清楚'夕鹤号'列车的事，同样使用'夕鹤'这个名字的列车，还有特快电车和蓝色列车的区别，从上野到青森的区间里，特快电车要比蓝色列车快一个小时还多！"

"……"

"你和松木纪子之间早有联系，而且知道她为所爱恋的町田而卷入了这场杀人案。由于你对她抱有一种强烈的内疚感，所以只好把这件事埋藏在心里。为了他们，你对警察隐瞒了事情的真相。町田在接到宫本孝送来的'夕鹤7号'的车票之后，肯定坐同一列车做过试验。根据试验的结果，他们确定在水户下车，驱车奔到鬼怒川边杀人后，再高速开车到仙台站，仍可以追得上列车。他选择川岛史郎作为牺牲者，大概是因为川岛爱讨好女人。'夕鹤7号'在水户站停车时，可能就是松木纪子诱骗川岛下的车。其理由大概是说要在这里下车，请他帮忙拿东西什么的。列车在水户站停车九分钟，所以好色的川岛将松木纪子一直送到了检票口，町田就是在这里，或是打昏了他，或是让他闻了乙醚麻醉剂，总之是使他昏迷了过去。因为距离很短，松木纪子完全能够装出搂抱着喝醉的情人的样子走出检票口。另一方面，町田则扮装成川岛史郎通过检票口，他拿着到青森的车票给检票员看，有意给人留下较深的印象。事实也确实如此，检票员对此事记得非常清楚。町田原来穿的是短的旅行上衣，但在杀死川岛后和他交换了上衣。装作抱着喝醉的情人走出检票口的松木纪子，交给检票员的是两张到水户的车票，这是町田和她事先买好的。松木纪子扶着川岛走出检票口后，把他装进事先停在水户站前的汽车里，自己开车驶向鬼怒川。随后一步通过检票口的町田，则扮装成川岛史郎，乘出租车来到鬼怒川边。他和川岛再次交换服装，并把因中途下车而剪过口的车票塞进川岛的口袋里，把川岛的车票装进自己的口袋。然后他们把尸体投入鬼怒川后又开车飞驶到仙台站，假装是一对误乘了车的情侣再次乘上了‘夕鹤7号’列车。”

“你为什么把这件事讲给我听呢？”

“因为我想知道，你是在什么地方知道的这件事。我确信町田和松木纪子是共犯，但却不知道他们的动机。如果你知道，请你告诉我！”

“我什么也不知道！不过，我……”

"对她感到内疚？"

"是的，我怎么办呢？"

"我无能为力，你仅仅是和我一起坐了'夕鹤5号'列车，如果你咬定什么也不知道，你不会有罪的。"

"我不同意这种说法。"

"让我给你出个办法吗？"

"那是最好的。"

"但是这件事要由你自己决定。如果你认为自己做的完全正确，那就这样吧；如果你认为自己已经做错了，就应当认真地协助警察。"

"这我办不到！"森下沉重地低下了头。

龟井料到会是这样的，便对森下说道："我想你会这么说的，但是，对松木纪子的负罪感会因此消失吗？"

9

森下没有回答。

龟井告别了森下，顶着满天飞舞的雪花向青森县警察本部走去。在县警察本部里，他第一次见到了三浦警察和江岛警部。

龟井讲述了"夕鹤7号"列车试验一事，三浦和江岛都为之一振。

三浦说道："这样一来我们就打破了一道墙！"

"这仅仅是一道。这里发生的桥口檀一案怎么样了，解开密室之谜了吗？"

龟井问过之后，江岛哈哈地笑着说道："如果以町田是凶手为前提，就可以成立一种假设。这个假设是三浦君推理得出的，具体细节还是由他来讲吧！"

三浦说道："我是站在被害者桥口檀的立场上考虑的。她怀有一种非常不安的心情，肚子里有片冈的孩子，却不知道片冈是否准备和自己结婚。就在这时，宫本提出去故乡青森旅行，而且说片冈也将同行。桥口檀肯定认为这是确认片冈想法的极好机会，但当着片冈的面她又不能问这件事。因为事情如果很简单的话，他俩早就结婚了。为此，桥口檀需要找昔日的朋友商量一下怎么办才好。究竟找谁商量呢？川岛史郎和安田章已经死了，剩下的四个人中又不能和他本人商量。最合适的对象本应是同性的村上阳子，可是阳子已经不是昔日的阳子了，她和片冈暗送秋波，所以很难和阳子商量了。而那个一本正经的宫本又不是可以一起商量爱情问题的对象，所以剩下的只有町田一人。在这个阶段，桥口檀并不知道町田酷爱文学，在他那一伙朋友中有领导者的派头，所以桥口檀找他商量并不奇怪。也就是说，她偏偏找到了准备杀死自己的人去商量。"

"应该说桥口檀的行为是'自杀'了？"

"对。对凶手町田来说，4月1日开始的回乡旅行就是杀人的旅行，所以肯定要携带杀人道具，留在现场的安眠药瓶便是其中之一。在桥口檀和他商量时，恐怕町田让她看过安眠药瓶。他会说：这个安眠药早不生产了，里面装的是维生素，自己经常拿这个药瓶给别人看，以使别人大吃一惊为乐，桥口檀也可以用这个办法让片冈大吃一惊，借此来探明片冈的真实想法！其实，片冈和桥口檀只不过是逢场作戏罢了，一场司空见惯的戏，而桥口檀却极为上心。桥口檀按照町田所说，给片冈写下遗书，把安眠药瓶放在桌上，关上门后服下了町田给她的所谓的维生素。当时她可能还在窃喜呢！可是，那药里含有氰化钾，她服下之后便中毒身亡。也就是说，町田使用了欺骗孩子的方法！"

"七年前的友情和信赖被制成了圈套！"龟井猛然想起森下的事情，脸上露出痛苦的表情。

江岛警部问龟井："你怎么考虑的？"

"我想，密室里的假象就像三浦君说的这样吧。另外，旅馆的门是用自动锁锁上的，也许凶手让桥口檀写下遗书后还告诉她要打起精神来，直到确认桥口檀服用了含有氰化钾的维生素死去后，才关上门出去的。"

"不会的吧？因为门上还挂着一道门链呢！下面还剩下两个谜。"

"两个谜？"

"对。即町田的发型之谜，以及乘坐'夕鹤14号'列车的町田是怎样在上野站毒死片冈清之的，我们等待东京警视厅给予解决。"

"另外还有一个问题，也是最大的问题，那就是町田隆夫为什么要一个一个地杀掉昔日的朋友。"

龟井说完，三浦接着说道："我们正准备调查的事也许与此有关。"

"什么事？"

"町田在这里的两天期间曾去过下北的恐山。东京的十津川警部对此抱有疑问。我想，说不定这事与杀人动机有关。"

"真的吗？"

看到龟井振奋起来，三浦慌忙说道："我们只是认为有这样的可能。我现在就去调查一件与此事有关的事情，你一起去吗？"

"当然，咱们一起走吧！"龟井答道。

10

当两个人来到屋外时，雪已经停了，气温比下雪时更低了。

他们沿着有防雪拱顶的人行道向与青森站相反的方向走去。

三浦边走边说道："町田的姐姐是在町田上高中三年级时死去的。这件事我们已经通告了十津川警部。"

"据说是自杀的。"

"人们都说是病死的，其实是自杀。町田去恐山，也许是要请巫女呼唤他姐姐的灵魂。"

"现在咱们去见谁？"

"一位曾在高中时教过町田的教师。但他如今已辞去了教师工作，继承家业当了书店老板。他不仅教过町田，也教过其他六个人呢。"

两人走了几分钟，前面一块"石野书店"的招牌映入眼帘。

书店老板石野有五十二三岁，可能是当过国文教师的缘故，给人的印象是个很温和的男人，还留有教师的气质。

石野将三浦和龟井请上了二楼，表情阴郁地说道："我从报纸上已经得知了此案，深感遗憾，这七个人毕竟都曾是我的学生啊！"

"这七个人在高中时非常要好吧？"三浦问道。

龟井默默地听着，他打算在这里一言不发。

"是的，曾被人们称为'七人帮'，还有人开玩笑地叫他们'七颗明星'。这七个人在校内办了一份报纸，他们之间的关系自然非常好了。当时，我还就办报一事同他们一起商量过呢。"

"七个人里的町田隆夫是什么样性格的人？"

"最近的町田我没有见过，所以不清楚。不过……"

"我们只想了解高中时代的町田，特别是他上高中三年级时的情况。"

"他的脑筋好，特别是对艺术、哲学及宗教等感兴趣。"

"接受能力相当强了？"

"是的。上高一时他曾致力于创作诗歌，但上高三后兴趣转向了宗教方面。"

"是基督教吗？"

"不是。是神秘主义那类的。我记得他说过，有些事正因为用科学无法解释清楚，才更使人感兴趣。"

"其他六个人怎么样，他们赞同町田的观点吗？"

三浦问过之后，石野微笑着说道："很有意思的是，其他六个人丝毫没有这种想法。片冈属于享乐派，宫本虽然勤奋努力但很平庸，川岛是体力充沛的体育迷，安田则和宫本一样，也是个刻苦努力的人；两位女学生里，桥口檀是个很可爱的女孩儿，将来一定会成为一个好妻子，村上阳子是个个性极强的活泼女孩儿。不管怎么说，他们六个人都与神秘主义那类的事情无缘。"

"町田的姐姐是在他上高三时死去的吧？"

"是的。"

"都说是病死的，实际上是自杀，您知道这件事吗？"

"后来才知道的，我感到非常吃惊。"

"町田是不是在他姐姐突然自杀之后，比以前更着迷神秘主义才去恐山拜见巫女的？"

"我也这么想过。"

"是吗？"

"町田在那份校内报纸上经常发表些'人的预知能力''与死者对话'之类的文章，我也曾经一度对这类问题产生过兴趣，特意看了几本关于这方面的书，还经常与町田研究。但是，町田姐姐死去之后，町田断然停笔，而我们的研究也就停止了。"

"为什么呢？"

"我至今仍不清楚原因。最初我认为是因为他最喜爱的姐姐突然死去，他却没有预知此事，而且无法和死去的姐姐的灵魂对话，这使他丧失了对神秘主义的兴趣。但是，他考上了东京的大学后，却又特意转到京都大学去学印度哲学……"

"他这次回来又去恐山了。"

"是吗？"

"您知道町田的姐姐自杀的原因吗？"

"不知道，起先我也以为是病死的，町田和他家里人都这么说。我知道她是自杀一事，还是在町田毕业时。毕业式结束后，町田曾独自一人来到我家，突然提到他姐姐是自杀的。"

"为什么要给你讲他没有说吗？"

"没有，非常突然，我也大吃一惊。"

"他没有对您讲述自杀的原因吗？"

"我正要问他姐姐为什么要自杀时，町田提出自己也准备随着姐姐自杀。"

"町田是这么说的吗？"

"是的。"

"他为什么要这么说呢，难道就因为他们是很要好的姐弟吗？"

"我也弄不清楚。本来想问个仔细，可町田又沉默不语了，我也不便再打听，心想还是不要太留心此事为宜，于是说了些安抚他的话就分手了。"

"就这些吗？"

三浦问过之后，石野拿起桌上的烟点燃了一支说道："后来我琢磨町田的这番话，心里非常担心，每当有事路过他家附近时，总要打听一下他姐姐的事。"

"了解到了些什么？"

"町田的姐姐叫町田由纪子，死时十九岁，小小的个子，皮肤白皙，可以算是东北的美人了。当时她是短期在读大学二年级的学生。我问过许多人，才了解到她有个未婚夫，是个大学生，她死时那个大学生正在美国留学。"

"是吗？！"

"另外还有一点纯粹是传说，说她是因为被一个陌生的男人强奸了才自杀的。"

"被强奸了？！"三浦小声地嘟囔了一句。

龟井的脑海里猛然浮现出放浪的片冈的面孔，但他马上又摇了摇头，如果是片冈他们几个强奸了町田的姐姐，恐怕这个仇町田不会等到七年之后再报。细想起来，七年前片冈他们还只是十七八岁的高中学生，何况其中还有两名女性，这和强奸也没有关系啊！

从石野这里再也打听不出更多的事情，两人便离开了石野书店。

三浦问龟井："你怎么看？你认为此事与本次案件有关吗？"

"说实话我不知道。已经是七年以前的事了，可再一想，这次杀人案件也是由七年前进京的男女学生们引起的。"

"我也这么想。也许将二者联系到一起有点儿勉强，但至少要查清这条线索，如果搞清了什么，我马上通知你！"

第十一章

始发站——上野

始発駅「上野」

1

亀井乘坐当天夜里的"夕鶴 14 号"列车回到了东京。这趟车正是町田隆夫乘坐过的那趟车。当亀井回到设立在上野署的搜查总部时,正好是上午 9 点 30 分。

"啊,你回来了!"独自一人留守的十津川起身迎接他。

"町田还没有行动吗?"

"是的。町田和在新宿咖啡馆里当招待的松木纪子都已被监视起来了,不过至今没发现他们有要杀害宫本孝的迹象。"

"索性将町田和松木纪子逮捕怎么样?青森旅馆的密室杀人案基本上算解决了……"

十津川摇了摇头。"即使逮捕也无法起诉,因为首先我们不知道他们的动机,其次现在的这一切都是我们的推理,所谓的证据也仅是些状况材料,就是我当法官也要左右为难,最终无法进行审判的。"

亀井说道:"青森县警察本部的江岛警部希望我们在东京弄清楚町田的发型之谜,以及在上野站死去的片冈一案。"

十津川微笑着说道:"头发的事已经解决了。因为回到上野的町田理了个漂亮的发型，他自己又说是在青森的理发店理的，所以把我们给蒙住了。其实，他一直戴着假发。为了掩盖此事，他在青森时特意去了理发店，让人以为他是去把长发理短了。"

"在上野站毒死片冈是怎么做到的呢？"

"我刚才在这里一边查电话号码，一边还在思考着这件事。"

"找出答案了吗？"

"找到了。"

"町田使的是什么诡计？"

看着龟井劲头十足的样子，十津川耸了耸肩答道："答案只有一个，从理论上讲町田和松木纪子在上野杀害片冈是不可能的，这就是结论。"

"那么还有其他的共犯吗？会不会连宫本孝也是共犯？"

"如果宫本也是共犯的话，町田完全可以轻而易举地去杀人。所以，宫本不是共犯。"

"可你不是说，从理论上讲，町田和松木纪子不可能杀害片冈吗？"

"是啊，能不能考虑是两个人合伙干的？"十津川说着点燃了一支烟。

龟井露出奇怪的表情问道："警部，既然从理论上讲町田和松木纪子不可能杀害片冈，那他们在片冈清之被害一事上不就是清白的吗？"

"你也这么认为？"

"是的，不对吗？"

"这么认为很正常。"

"但事实是这样吗？"

"你是指在片冈清之被害一事上，町田和纪子是清白的吗？我也这么认为。但是，不知为什么，我又要考虑是町田杀的。"

"我想，这是因为我们把片冈的被害，作为连环杀人的一环了。"

"但死去的片冈清之的衣袋里有一封信，如果不是这次连环杀人的凶手是写不出这封信来的。因为同样内容的信也把宫本引到了上野站，我们正是从这一点出发，才认准凶手就是町田。"

"那么凶手是宫本吗？让别人看到自己也被匿名信引到上野站，其目的莫非是想把嫌疑转嫁他人？"

"不，如果宫本是凶手，那么从理论上来讲，4月10日这天夜里，在青森站杀害村上阳子又变成不可能的了。"

"还真是左右为难了。"

"凶手的目的会不会就是这样的呢？"

"使我们陷入困境？"

"是的。"

"问题是凶手如何使我们陷入困境的。"

"能否从另一个角度来考虑片冈清之的死亡呢？"

"您说什么？"

"片冈一事是你我两人调查的，你应当了解片冈是个什么样的人。"

"他是个很有钱的浪荡公子，好赌博，贪女色，而且很傲慢。"

"就是说他树敌相当多。"

"是的。"

"他还曾收到过女人发来的怨恨信。"

"我也见到了。"

"设想一下，如果这里有一名被很多人怨恨的男人，你会采取什么手段来除掉他呢？"

"决不玷污自己的手，最好是让仇恨他的人去杀掉他。"

"对极了！"

"这么说町田也是这么考虑的了？"

"是的。任何一个人，只要想杀掉像片冈这样的树敌很多的男人，都会这么想的，只不过苦于无法得手罢了。理由很简单，这一方不想玷污自己的手，另一方也会有同样的想法。况且，无论是谁，都不希望被警察当作凶手逮捕。"

"这是当然的。"

"不过，事实上，有许多人希望杀掉某个人，而又不必担心被警察逮捕。"

"说实在的，连我自己也有这种目标。"

十津川说道："你作为警官说出这种话可不够稳重啊！町田

寻找到仇恨片冈的人，两人做了约定，可当时这种约定只是口头上的，双方都不一定会守信用，所以才有那封信的出现。恐怕那封信是町田用左手写的，而且是当着对方的面写出来的。町田会告诉对方，信将分别寄给片冈和宫本，一旦片冈来上野站被杀，嫌疑自然会落到宫本和町田自己身上，因为报纸上曾报道过这七人小组的案件，所以片冈只要拿着这封信死去，人们百分之百都会认为凶手就是这七人之中的一名，也许对方就是为此才同意干的。真正的凶手恐怕也会认为町田是个怪人，居然会把他人干出的杀人事件揽到自己身上。其实，町田的目的是要把嫌疑引到自己身上，这样反而可以混淆视听。"

"那么，町田在片冈清之一案上还是清白的吗？"

龟井一问，十津川摇了摇头答道："虽然杀害片冈的不是町田，但幕后的操纵者是他，恐怕连氰化钾胶囊也是町田准备的。"

"那么，杀害片冈的计划也是在4月1日坐'夕鹤7号'列车时制订出来的吗？"

"我认为把它看成是早已计划好的比较妥当吧。"

"连最后杀掉谁也计算过了吗？"

"是的。最后只剩下宫本孝一个人了！"

"没错。"

"町田是个有头脑的人，自然要周密计划如何杀掉宫本孝！"

"为什么要把杀害宫本安排在最后呢？您认为这是出于偶然

的吗？"

"我不这么认为，只能认为是故意安排在最后的。这是因为他最容易干掉。至于将采用什么方法我也不知道了。"

"我们怎么办？我想，为了防止宫本孝被害，最好是将町田逮捕。不过，在现在这种状况下，要取得逮捕证也实在困难啊！"

"如果正像我们预料的那样，杀害片冈清之的是另外一个人的话，也许可以为逮捕町田打开一个突破口。因为只要这个人供出町田的事，我们便可以立即以共犯为名逮捕町田。"

"我逐个去调查仇恨片冈的人！"

2

十津川把看家的任务交给一名年轻的刑警，自己前去拜访宫本孝。

宫本已经被认定将会被町田杀害，而他自己却说一点儿也想不出自己为什么会成为町田杀害的目标，对其他五人被害的原因，他也不能理解。

十津川问正在监视宫本所就职的春日律师事务所的西本和清水："情况怎么样了？"

西本在经过伪装的警车中回答："宫本正在事务所里。"

"没发现他有害怕的样子吗？"

"好像他有点儿不知如何是好。"

"因为他仍没搞清楚自己将被害的原因吧。"

"大概是的。我们刚才和暗中监视松木纪子的铃木联系过了，据说松本纪子提前下班回公寓了。"

"这么说他们开始活动了！"

"咖啡馆的老板娘说，松木纪子是因为头疼才提前回家的。"

"肯定是要干什么……"

十津川正说着，清水突然说道："宫本要外出了！"

宫本腋下夹着包，从事务所走出来，坐进停在事务所门前的一辆出租车里。

十津川吩咐西本两人："你们跟上他！"说完自己穿过马路走进律师事务所。

春日律师曾因处理过一件有名的冤案而名声大振。如今他虽年过六十，但头发还是乌黑的，给人的感觉是精力相当充沛。

十津川亮出警察证件后，春日笑着说道："难道警察还要委托我来辩护吗？"

"也许将来是要请您的，因为警察也是生活在这个俗世之中嘛！"十津川说着笑了起来，"我想打听一下在这里工作的宫本君的情况，现在他的生命正在受到威胁。"

"这事我听他讲过。他说这是警察说的，可是他自己心里却一点儿数也没有。"

"不过相当危险啊！他刚才出门了，您知道他去什么地方吗？"

"刚才他来电话说，要为有田案去趟多摩川。啊，有田案是一起民事案件。"

春日说着，突然惊奇地叫了起来："奇怪了！"

"怎么了？"

"这个案子已经结束了！"

听到春日这句话，十津川的脸色都变了。"他是说去多摩川了吗？"

"是的。"

"多摩川的什么地方？"

"我想大概是丸子的多摩川吧！"

"大概？"

"反正他说是去多摩川了。"

"我借一下电话！"

十津川马上给搜查总部打了电话，接电话的是那位看家的年轻刑警。

十津川问道："西本君他们来过电话吗？"

"来过，说是他们被甩掉了。"

"被甩掉了？"

"他们说宫本乘出租车在涩谷的Ｓ百货公司前下了车，进了商店，然后他利用人群的掩护消失了踪迹。"

“啊！”十津川后悔地直咂嘴，“你转告他们两人马上去多摩川！”

“多摩川的什么地方？”

“去丸子多摩川，让他们在那附近打听一下。另外，早川君那里来过电话吗？”

“还没呢。”

“猎物出动了而猎人却纹丝不动，这可太奇怪了！”

“怎么办？”

“我去早川君他们那里。”

3

十津川在路上叫住一辆出租车，直奔町田住的公寓。

宫本恐怕是被町田叫走的，可为什么宫本明知町田是凶手还要老老实实地前往呢？真叫人搞不明白。猛然间，一种不安感笼罩了十津川的心头。

当他来到町田所住的公寓附近时，才明白自己的不安并非胡思乱想。这里发生了火灾，公寓一带被浓烟和烈火包围。由于这一带是民房密集区，火借风势在不断地蔓延。看热闹的人们聚集在周围，消防车不断地呼啸而来。

十津川跳下出租车向公寓跑去。一股热浪迎面扑来，迫使他不由自主地停住脚步。

"警部!"早川绷着脸招呼了一声。

十津川忙问道:"这究竟是怎么搞的?"

早川脸色苍白地答道:"从町田屋里突然冒出了火,可能是泼了汽油后再点的火,火一下子就蔓延起来,于是就成了这个样子。"

"町田呢?"

"不知道。"

"是町田放的火吗?"

"也许町田是准备趁混乱之机远走高飞。"

"不,他是去杀害宫本!宫本已经被他叫走了。"

"宫本不是由西本君和清水君盯着吗?"

"被甩掉了!"

"这怎么办?"

"车呢?"

"停在对面了,樱井君还在车里。"

"好,马上去多摩川!町田多半是去丸子多摩川了,他准备在那里杀害宫本。"

十津川和早川跑到经过伪装的警车前,一坐进车里便吩咐坐在驾驶席上的樱井:"马上去丸子多摩川,町田和宫本可能都在那里!"

车辆堵塞了交通,警车响着警笛飞快地开出了堵塞处。不过，在早晨这个时间，想开快车是不可能的。

在途中，先行一步的西本他们在车里用无线电向十津川报告："我们已到达丸子多摩川，但还没有发现町田和宫本。"

"继续找！"十津川怒吼道。他明知怒吼也没有用，但在这会儿已经是身不由己了。

前方终于可以看到多摩川的堤岸了，一棵棵盛开的樱花树非常漂亮。警车开上堤岸停住。一条条载着情侣的小船悠闲地荡漾在多摩川的江面上，好像在证明着春天的到来。

樱井透过汽车的风挡玻璃，指着岸边说道："前面好像是西本的车！"

斜前方的江边上确实有一辆车顶亮着红灯的汽车。十津川用无线电话呼叫，但没有人回答，大概是西本和清水都在车外。

十津川吩咐樱井："过去看看！"

樱井立即开车向江边驶去。他把车停在那辆车的旁边，十津川一行人刚下车就看到前面的草丛中露出西本和清水苍白的面孔。

西本看到十津川后耸了耸肩，简短地说了一句："已经被害了！"

"在草丛里？"

"是的。"

十津川和早川跨进草丛，一种不知名的小虫"嗡"的一声飞了起来。宫本孝被刺中后背俯身倒在地上，包抛在一边，浸透西服的血已经干了，并招来了一群群的苍蝇。

早川用失望的表情小声说道："真不明白啊！"

"你说什么？"

"这个男人的心呗。如果自己不是凶手，那么他就应当知道町田隆夫是杀害朋友的凶手。可是，他居然会被电话叫出来，而且毫不警惕地来到这种地方，这是为什么呢？另外，他还要甩掉警察。"

"欠债呗！"

"什么？"

"大概是宫本欠下了町田一笔什么债，说不定这就是连续杀人的动机。"

两人回到车旁，西本对十津川说道："我已经和总部联系过了！"

"你们发现宫本时，他是否已经断气了？"

清水回答道："不，当时还有一口气。"

"那么……"

"当时我们认为凶手可能就在附近，西本君便去四周查看。我看到宫本的嘴里似乎在说着什么，就趴在他嘴边听了听。"

"宫本说什么了？"

"就一句，说'弄错了'。"

"'弄错了'？！就这些吗？"

"是的，他就说了这几个字便咽气了，也没有说出凶手姓名。"

"即使没说也能肯定凶手就是町田！不过，他说'弄错了'，这是什么意思呢？"

"也许是为自己被町田叫出来，而且毫无戒心地来到这里而感到后悔，才嘟囔说'错了'？"

"是说'错了'吗？"

"不，是说'弄错了'。"

"那就不对了。"

十津川正说着，两辆警车和一辆鉴定车响着刺耳的警笛声来到了这里。

十津川对自己的部下说道："马上回搜查总部！"

4

上野署的搜查总部被紧张而沉闷的气氛所笼罩。虽然现已确认松木纪子还在自己的公寓里，但关键人物町田却行踪不明。这样一来，连上野警察署的署长也无法安稳地待在署长室里，亲自来到了搜查总部的房间。

君原署长向十津川问道："你认为町田会去他的情人那里吗？"

"与其说他们要相会，不如说他们早已决定好在什么地方碰头！我认为，松木纪子就是为此才从咖啡馆里早退的。"

"他们会在什么地方碰头呢？"

"署长是东京人吗？"

"是浅草千束街的，可以说是'江户仔'①吧！"

"我也是东京人。不过，龟井和町田他们一样，是青森出生的。要是按龟井的说法，青森人生活在东京还可以，但死都想死在青森。"

"町田会是这种想法吗？"

"是的。他已经意识到杀害宫本之后必将受到警察的追捕，所以才事先让情人松木纪子早退。如果两个人准备逃跑的话，我认为他们最有可能去青森。"

"他们仍会从上野出发吗？"

"按龟井的话来说，上野站是半个东北嘛！我们已经在上野站布置了八名搜查人员。"

"要通知青森县警察本部吗？"

"当然，我们已经联系过了。所以，即使他们从上野站溜掉，也肯定会在青森站被捕的。"

"町田要是知道上野站布置了警察，他还会去吗？"

"上野站对町田来说有种特殊的意义。而对我们东京人来说，上野同新宿、涩谷等站没有什么不同之处，所谓的不同点

---

① 江户仔，指地道的东京人。东京旧称江户。

也就是上野站比其他车站更古老、更脏一些罢了。但是，在东北出生的龟井却认为它们是完全不同的站，就像以前我们说过的那样。"

"是有着东北气息的车站吗？"

"对。上野站是从东北方向来的终点站，又是去东北的始发站，它是具有一种故乡气息的车站。既然町田经常来上野站目送回故乡的列车，那么他一定是把上野站当成了东北的一部分。如果是这样，我想他冒险也要去上野站的。"

十津川说着看了看手表。

此时已是 19 点整，开往青森的"夕鹤 1 号"列车由上野站开出的时间是 19 点 50 分，从那时起夜行列车便开始了运行。由上野站开往青森的夜行特快列车总共有八趟，它们分别是：

夕鹤 1 号　　　　19：50 发

夕鹤 3 号　　　　19：53 发

夕鹤 5 号　　　　21：40 发

夕鹤 7 号　　　　21：53 发

夕鹤 9 号　　　　22：16 发

白鹤号　　　　　22：21 发

夕鹤 11 号　　　23：00 发

夕鹤 13 号　　　23：05 发

十津川刚把这些车的开车时间记好，龟井就赶了回来。他一进屋便问道："听说宫本被杀了？"

"已经死了。你那方面怎么样？"

"我找到了一名二十八岁的女人，她叫内野秀子，就是我们在片冈的公寓里发现的那封信的写信人。"

"是说已经怀上了片冈的孩子，问他怎么办的那个女人吗？"

"对。她被片冈抛弃后便打掉了孩子，她非常想杀死片冈。就在这时町田找到了她。"

"町田对她说杀死片冈后自己会被警方怀疑成凶手，是不是？"

"是的。据说町田亲手将那两封信和氰化钾交给了她。她听了町田的话后，反复考虑了多次，觉得犯罪嫌疑只落在町田身上。于是，她很放心地于4月11日早晨去了上野站等待片冈，故意装出偶然相遇的样子，让片冈吃下了他喜欢吃的威士忌酒心糖。"

"酒心糖里注进了氰化钾？"

"她说买了注射器，把氰化钾稀释后注入糖中。"

"内野秀子呢？"

"正如町田预料的，她在杀害片冈后根本没有受到警察的怀疑。但是，她在杀人以后越发感到自责，在昨天企图自杀，现正在医院中。是从三楼跳下来的，两腿骨折，伤势很重，要治愈得两个月后了吧。"

"是吗？"

"还没有逮捕町田吗？"

"是的。町田的行踪不明。我想，他会去上野站的，因为他要回老家青森。龟井君，你怎么看？"

"町田在杀害宫本时就已决心一死，所以他明知危险也会去上野站的。"

君原署长说道："从大阪去青森还有一趟叫'日本海'的特快卧铺列车，町田会不会预料到我们的计划，先去大阪再乘'日本海号'列车转北路去青森呢？"

龟井立即否定道："不能这么考虑！"

"为什么你说得这么肯定？"

"怀着必死之念回老家的町田绝不会绕道而行，他应当是想尽早地回到青森。况且，上野站……"

"有着东北的气息，是吗？"

"对。去上野站即使不买车票也可以看看回老家的列车。"

龟井正说着，十津川面前的电话铃响了。十津川接起电话。他对龟井说道："龟井君，青森县警察本部的三浦警察打给你的电话。"

5

龟井接过电话，话筒里传出三浦规规矩矩的声音："您好，我是三浦。"

"了解到什么情况了吗？"

"分手后我调查了町田由纪子自杀一事，以及关于町田热衷神秘主义的事情，听到了一件很有意思的事，我想告诉你。"三浦的声音稍稍停顿了一下。

"什么事？"

"这件事是听一名住在村上阳子家附近、和阳子同龄的女性讲的。她说，她也是在七年前——也就是在町田的姐姐自杀后，听阳子说的。"

"七年前！"

"对。当时阳子说，那时他们七个人一放学便留在校内搞校报，町田热衷于什么显灵人、神秘的世界等，而其他六人对此毫无兴趣，于是他们计划戏弄一下町田。片冈的父亲当时就是有钱的企业老板，而且还是巡回演出艺人的赞助人。他们决定找一位巡回演出的艺人扮装成日本的'首席显灵人'。据说，他们找的人三十多岁，是个美男子，长得有点儿像混血儿。由于这个人能言善辩，所以轻而易举地使町田上了当，其证据就是：

完全相信了他的町田，还把这位假显灵人带到他家，并介绍给了自己的亲属。当然，这位亲属就是町田的姐姐。”

“强奸町田姐姐的就是这个男人吗？”

“嗯，但这只是我的推测。不过，町田由纪子的未婚夫确实在美国留学，两人天各一方必然会产生各种想法。我想，会不会是町田由纪子也相信了对方是日本‘首席显灵人’，特意请他算一算未婚夫的事情。”

“你是说那个男人就利用了这一点？”

“对。据调查结果，那个男人叫长谷川裕，当时二十八岁。不过，此人已于两年前病死在北海道。遗憾得很，我们无法听取实情了。因为这是七年前发生的事，恐怕加害者一方以为仅是开了个玩笑，早就把这事忘记了，但被害者町田却没有忘记。”三浦说道。

挂上电话后，龟井把电话内容复述了一遍。十津川两眼射出光芒，他兴奋地对龟井说道：“这肯定就是这次连环杀人的动机之一！”

“您说这是动机之一，难道还有其他动机吗？”

“我并不是说还有别的动机，但即将熄灭的火种必须浇上油才会燃成大火。如果只因为七年前这件事的话，在这七年中六个人里没一个人被害不可疑吗？”

“对呀。”

“时隔七年，町田他们再度聚齐回老家旅行，所以才使町田的心中又记起七年前的事件。"

"是因为七个人全聚齐的缘故吗？"

"不是的，因为如果仅为此而杀人的话，那么他们进京的那一年也曾一起去郊游，当时就应当发生连环杀人的案件了！"

"那是怎么回事？"

"很简单，不单单是这次旅行使町田回忆起七年前的事件，肯定要有促使町田当年的屈辱得以放大的条件。这种条件是什么我还不知道。但是可以这样推测，譬如，七年前，町田被片冈等六人轻而易举地戏弄了一番，他会不会认为这次旅行又是那六个人有计划地戏弄自己呢？"十津川说着看了看手表，"时间快到了，我们到上野站看看吧。"

他说完催促着龟井站起身来。

6

夜间的上野站和往常一样，喧嚣声不断。尽管如此，车站里仍充满着一种淡淡的伤感。

乘夜行列车的人们，提前一小时就来到了这里。有的人还在喝酒。一名从东北来的母亲和在东京工作的女儿在检票口处紧紧地拥抱在一起，大概是时隔多年才相会吧。

十津川和龟井在中央检票口处站定。上野站共有五个出口，分别是正面大门、广小路口、浅草口、公园口、忍莲口，每个出口处都埋伏了两名警察。

十津川注视着周围，小声问龟井："龟井君，宫本临死前说的'弄错了'你怎么看？"

"是暗语？"

"是的。我认为他是指这次案件，恐怕是宫本弄错了什么，因此才被町田杀害的。"

"他弄错了什么呢？"

"片冈和桥口擅自进京后一直有接触。其他五人则是相隔七年才见面，一起乘'夕鹤7号'列车回老家。如果从进京那年去水户郊游算起，确切地说，他们是时隔六年半才相会。所以，宫本肯定是指这次回乡旅行的事。"

"他是指自己计划这次旅行的事出了差错吗？"

"不，要是那样的话，他就应该说'出错了'，但他留下的话却是'弄错了'。"

"可他弄错了什么呢？宫本是个很认真的人，在七个人之中也是最规矩的，而且还是热心肠的人。正是因为如此，他才主动负责买好车票、调查朋友的现住址，顺利地实现了这次旅行。"

"不过，宫本一定弄错了什么事。"

"是什么事呢？我认为四天三晚的旅行计划是很妥当的，有工作的人多半都会如此。只是碰巧被町田所利用，成了杀人的旅行。"

"对，在星期五的夜里出发，只要请半天假就可以完成四天三晚的旅行。要是我的话，也会制订同样的计划的。"

"车票没有弄错，分别送到了六个人手中。邀请信的文笔也不错，而且给每个人的信的内容都不一样，可谓是煞费苦心之作。如果不是热心肠的人，也写不出这东西来。"

"信！"十津川孤零零地说出这一个字。

"您说什么？"

"是信！这次旅行的计划很周密，全体人员都能参加；车票也没有弄错，每个人都收到了。既然这些都没有弄错的话，剩下的，也只有信了！"

"您说信的什么地方弄错了！"

"宫本分别给六个人都写了信，我们已经见到了其中的五封，你还记得那五封信的内容吗？"

"大体上记得。"

"你认为其中有没有内容很奇怪的信？"

"还没有。我认为宫本对每封信的内容都动了一番脑筋，极力想使大家参加旅行。"

"确实如此。他在给村上阳子的信里写出了她是艺名为城香的歌手，这是在拿她的自尊心逗乐，给川岛史郎的信也是如此。我认为，给安田章和桥口檀的信也是经过精心考虑而写出来的，他对所有人都委婉地暗示了自己已经调查过他们的事。唯独有一封信写得枯燥无味。"

"是给片冈清之的那封信！"龟井也想起来了。

"对，就是给片冈清之的那封信。现在回想起来，那封信确实很奇怪。"

"为什么这么说呢？"

"在这七个人之中，不管好也罢，坏也罢，最有意思的人便是片冈。他是一个有钱的浪荡公子，贪图女色，又热衷赌博，但他好歹也是津轻物产店东京分店的经理。宫本对仅有三辆卡车且债台高筑的川岛史郎尚称之为'经理'，为什么给片冈的信上却对这类头衔只字未提，这不奇怪吗？"

"照这么说，这封信确实像是在顾虑重重之下而写出来的，给人的感觉是为了不伤害对方，有些事想写但没有写出来。"

"你说得太对了！"

"谢谢。"

"的确是那样的。我也认为那封信是宫本在顾虑重重之下写的。不过，片冈是那种轻易就能受伤害的人吗？不！他认为父亲为自己出钱是理所当然的事，他也丝毫不隐瞒自己贪图女色和热衷赌博，而且还爱自吹自擂。写给片冈这种人的信何必要顾虑重重呢？试想，六个人中，最使宫本伤脑筋的人应当是谁呢？"

"当然是有前科的町田。无论写出什么都会伤害对方。我想，给他写的信最应该谨慎。是啊，那封信写给町田才适合。"

"我认为完全有可能那就是给町田的信。因为在给多人发信时，总是习惯性地先写信封上的收信人姓名，然后再写每封信的内容。虽然在将信装入信封时会注意的，但难免也会有弄错的时候。"

"您是说宫本错将给片冈的信，装入了给町田的信封里？"

"所以宫本在临死时才说'弄错了'。因为宫本自以为给六个人写的每封信都动了一番脑筋，却完全忘记了高中时他们所做的恶作剧，所以他一直不明白为什么朋友们会相继被害，今天被町田一说，这才注意到这件事。为了申明那封信真是写给片冈的，宫本才会去见町田。但是在町田看来，也许只认为宫本是在狡辩。"

"町田收到的会是封什么样的信呢？"

"他所收到的是本应寄给片冈的信。片冈是个贪图女色又热衷赌博的浪荡公子，恐怕信中也会提及此事来开玩笑。要是片冈收到这封信的话，相信他只会笑着把信看完。可结果是町田收到了这封信，他感到自己又在被这六位朋友所戏弄，从而使他又回忆起七年前的事，以及他姐姐因被强奸而自杀的事。另外还有一点，我们对町田也有一件事误解了。"

"什么事？"

"町田四年前曾因伤人而被判刑三年，原因是他在酒吧为保护一位姑娘，刺死了一个喝醉酒而胡搅蛮缠的男人。法院也是据此才酌情判了三年的短刑。总之，町田这样的青年，给人的印象是具有正义感。"

"难道不对吗？"

"他确实是有正义感。但是，一般人想阻止对方只会徒手保护女方，而町田却抄起柜台上的水果刀刺伤了对方。法院主张是无意识地抄起了刀子，而且这种说法也被大家接受了。但如果是一般人的话，即使是无意识也不会去抄刀子吧？"

"这表明了町田的攻击型性格？"

"不对吗？"

十津川正说着，龟井携带的对讲机响了起来，龟井连忙问道："什么事？"

"松木纪子现在已走出公寓，并在公路上叫了一辆出租车。"

7

町田乘坐的山手线电车一站一站地驶近上野。电车在池袋停车，上下完乘客后再次开动。町田坐在座位上，闭上了眼睛。

松木纪子按照我的要求来上野了吗？

宫本几次解释弄错了，谁能相信这鬼话呢？宫本也好，其他朋友也好，他们居然把七年前所干的事情忘得一干二净。这种事或许对加害者来说是容易忘却的，但正是由于他们，才致使我的姐姐自杀！

多么漂亮而又恬静的姐姐啊！

如果他们不开这个过分的玩笑，姐姐就不会被那个"显灵人"强奸，也就绝不会死去。即使他们以为姐姐是病故的，他们的罪过也不会变轻。我宽容了他们，准备忘记此事，然而七年后的今天，他们又在戏弄我，嘲弄我有前科，这无论如何再也不能宽容了！为了屈死的亲爱的姐姐，他们无论如何也应该付出代价！

最初杀死安田章时没能找到机会扔掉他的手提包，无奈之下就把手提包作为遗失物交给了车站。不管怎么说，这么干好像还是很成功的。

事情进行得真顺利啊……

町田睁开了眼睛，此时已是日暮时分了。过了一会儿，电车到达了上野站，町田脸色苍白，紧张地从座席上站了起来。

8

"现在松木纪子已从出租车里下来了！"在正面大门的警察用对讲机通知十津川，"她已经进入门内。"

十津川小声对龟井说道："女方终于来了。"

松木纪子径直朝中央检票口走来，似乎根本没有想到警察在跟踪，也丝毫没有注意周围，只是脸色十分苍白。十津川和龟井隐蔽在小卖部的背后，紧紧地盯着松木纪子。松木纪子在中央检票口前停了一下，从手提包里取出车票，然后进了检票口。

"夕鹤3号"列车已经驶进站台。十津川和龟井走到检票员旁问道："刚才进去的那个年轻姑娘拿的是哪趟车的票？"

年轻的检票员回答道："是'夕鹤3号'的车票。"

看来，町田和松木纪子是准备坐晚上7点53分发车的"夕鹤3号"列车回老家。

十津川对龟井说道："你快进站吧。"

十津川仍旧隐蔽在小卖部背后。他用对讲机和其他警察联系，严密看守着三个出入口的警察们回答说町田还没有出现。

十津川突然感到不安起来，莫非町田准备让松木纪子一个人先回青森？

正在这时，从地铁出口处上来了一名国铁职员。他帽子压得很低，盖住了眼睛。十津川无意之中目送着这个人，看着他手里还拎着个手提皮包。

提示"夕鹤3号"列车发车的铃声响了，那名国铁职员一抬手穿过检票口，十津川突然想到，这个人就是町田！他一定是在地下通道里袭击了国铁职员，改变了衣着打扮！

十津川怒吼一声："町田!"同时从上衣口袋里掏出了手枪。

在枪口下，那名国铁职员转过头来。

果然就是町田!

"再不站住我就开枪了!"

但是，町田无视这吼声，准备冲上最末尾的一节车厢。

"站住，町田!"十津川一边怒吼一边举枪射向町田的脚下。

这时，町田不知被什么东西绊了一下跌跌撞撞起来，于是本来射向他脚边的子弹却命中了他的胸膛。町田一声哀鸣扑倒在站台上，鲜血一下子从他的胸口涌了出来。

十津川飞快地穿过检票口跑了过来。站台上的旅客慌忙让出一条路，龟井也从另一侧跑了过来。人群中突然传出一声尖厉的女人的哀叫，这正是松木纪子发出的。

十津川喊道："快叫救护车来!"

几分钟后救护车赶到了，浑身是血的町田隆夫被送往附近的急救医院。松木纪子紧紧搂住町田的身体不肯松开，十津川也跟着救护车前往医院。

车到医院后立即组织抢救，但町田在途中已经停止了呼吸。

町田拿着的手提皮包里装着他自己的上衣。十津川掏了掏这件上衣的口袋，终于找出了宫本写的那封关键的信。

你好吗?

遵照七年前我们罗曼蒂克式的约定，我制订出回

故乡青森的四天三晚的旅行计划，请你务必参加。因
为你要是不参加旅行的话，大家都会感到无聊的。总
之，无论从哪个意义上讲，你都是咱们"七人帮"中
最有"声望"的人。我们可以从你那里听到各种各样
的"乐事"，无疑将会使我们非常兴奋的吧。这不仅是
我一个人的看法，其他五个人也会如此认为的！

这次旅行一定会以你为中心的！这绝不是挖苦你，
望你能高兴地参加这次旅行！

我想他们一定也都经常在想，要能像你那样随心
所欲、为所欲为地去生活，该有多好啊！

再见为盼！

4月1日，"夕鹤7号"，21点53分，上野站发